Diogenes Taschenbuch 24326

Tim Krohn

Aus dem Leben einer Matratze bester Machart

Diogenes

Die Erstausgabe erschien
2014 im Galiani Verlag, Berlin

Umschlagfoto von
Cati Laporte (Ausschnitt)

Der Autor dankt der Stiftung Pro Helvetia für
die Unterstützung seiner Arbeit an diesem Buch

Veröffentlicht als Diogenes Taschenbuch, 2015

Diogenes Verlag AG Zürich
www.diogenes.ch
80/15/8/1
ISBN 978 3 257 24326 0

Für Mimi

1935

Immanuel Wassermann war zu einer Versammlung von Freigeistern aus ganz Europa auf dem Monte Verità gewesen, nicht so sehr der Versammlung wegen wie der Fahrt dorthin. Der September 1935 war noch sommerlich warm, und er konnte der Versuchung nicht widerstehen, in seinem offenen Isotta-Fraschini von Berlin ins Tessin zu rasen. Die Versammlung selbst blieb ihm nur wegen des Essens und des Weins in Erinnerung, die Reden waren ihm zu düster, als dass er ihnen Aufmerksamkeit hätte schenken wollen. Er zeichnete währenddessen kleine Mädchen, die mit eifrig vorgestreckter Zunge malten, denn auf der Herfahrt hatte er die Idee gehabt, ein solches Mädchen für das neueste Produkt seiner Firma werben zu lassen: »Isabella Wasserfarben – klar, rein, leuchtend«. Von Wasserfarben handelte auch seine eigene kurze Ansprache, in der er flüchtig den »Anstreicher Hitler« erwähnte, um von dort ausgehend für ein Europa in lichten Tönen, für Wagemut und Sorglosigkeit, für eine frisch-fröhliche Ignoranz gegenüber all den Versuchen zu votieren, eine neue Ära der Finsternis und Schwarzmalerei zu beschwören. Der Applaus, den er erhielt, war dürftig, und als er zum Abschluss vorschlug, dass nun doch alle gemeinsam nach Locarno fahren und dort in einem Grotto oder einer Trattoria die mediterrane Leichtigkeit des Orts genießen sollten, mochte ihm keiner folgen.

So fuhr er allein, aß in einer *Osteria del Nonno* mit Blick auf den See und begeisterte sich erst für die Aussicht und die Speisekarte, dann für die Kellnerin, eine junge Sizilianerin mit grünen Augen, schwarzem Haar, fast olivenfarbener Haut und langen, schmalen Gliedern, die so schüchtern wie neugierig war und seiner jungenhaften Art nicht lange widerstand. Sie sprach leidlich Deutsch, er auch einige Worte Italienisch, und schließlich spazierten sie von Mitternacht bis zum Morgengrauen dem Ufer des Lago Maggiore entlang, denn Gioia war zu wohlerzogen, um mit ihm ein Zimmer zu teilen, aber auch zu verliebt, um ihn zu verlassen.

Als die Sonne aufging, beschlossen sie zu heiraten. In einem kleinen Dorf in den Bergen war ein gewisser Signore Saggio Bürgermeister, Gemeindeschreiber und Polizist in einem und brauchte, wie Immanuel Wassermann mit einigen Telefonaten in

Erfahrung brachte, sehr schnell eine große Summe, um seinen Lieblingsneffen, der unglücklicherweise Italiener war und in jenem Jahr Wehrdienst leistete, aus dem drohenden Krieg gegen Äthiopien freizukaufen. Schon um neun Uhr morgens gingen sie als Immanuel und Gioia Wassermann frühstücken, dann fuhren sie nordwärts, denn Immanuel Wassermann brannte darauf, Gioia seinen Berliner Freunden vorzuführen.

Unterwegs hielten sie einige Male an, um sich ausgiebig zu küssen, zudem machten sie einen Abstecher nach Schaffhausen, weil Gioia so gern den Rheinfall sehen wollte. So waren sie erst im Schwäbischen, als die Sonne unterging. In einer kleinen Pension nicht weit von Stuttgart, dem *Leonhardshof*, buchten sie ein Zimmer, um ihre Hochzeitsnacht zu feiern.

»Sie haben Glück«, sagte der Wirt und strahlte über beide Backen, »heute früh erst wurden uns neue Matratzen für unsere Betten geliefert, ein erstklassiges Fabrikat aus der Fabrik meines Bruders auf der Schillerhöhe, neuestes Modell, Federkern vom Feinsten mit einer ganzen Reihe bahnbrechender Innovationen. Diese Matratze hat Schlitze zwischen Rumpfteil, Hauptteil und Fußteil, die es nicht nur erlauben, sie zu klappen und platzsparend zu verstauen, die Dreiteilung führt auch zu einer ganz einzigartigen Schwerpunktverlagerung. Dazu atmen Kopf- und Fußteil durch feinste Poren über einem Kern rhombenartig angeordneter Stahlfedern, während der Mittelteil im Unterbezug galvanisch gummiert, darunter luftgefüllt ist und somit stets hygienisch einwandfrei. Das ist in einer Pension, in der die Gäste kommen und gehen, von unschätzbarem Wert. Der Oberbezug ist zu allem Überfluss handgenäht und aus erstklassigem Drillich. Ich garantiere Ihnen, Herr und Frau Wassermann, Sie schlafen bei uns wie Gott in Frankreich.«

»Wir werden überhaupt nicht schlafen«, sagte Immanuel Wassermann lakonisch, »und wehe, Sie stören uns dabei.«

Tatsächlich war die Matratze bemerkenswert komfortabel. Die Federn quietschten und schepperten nicht, sondern schnurrten wie ein Kätzchen, die Mittelzone lag üppig und in praller Weichheit im Rahmen und verlockte dazu, sich fallen zu lassen. Immanuel Wassermann wälzte sich nur einige Male hin und her, doch Gioia ließ das Becken hoch- und niederschnellen und rief entzückt: »Wie weich, wie weich!«

»Wenn wir auf diesem Wackelpudding nur nicht seekrank werden«, sagte Immanuel Wassermann und setzte sich auf. Sein Blick versank in Gioias von schlanken, keck geschwungenen Brauen beschatteten Augen, und in gespieltem Taumel seufzte er: »Ach, ich fürchte, ich werde es schon!«

Nachdem sie sich ein weiteres Mal geküsst hatten, erst mit offenen Augen, dann mit geschlossenen, stellte er ebenso lakonisch fest: »Dich auf dieser Wundermatratze zu küssen ist noch schöner als im IF« – als IF bezeichnete er sein Auto. Doch tatsächlich fühlten sie jetzt erst, wie sehr sie doch zueinanderpassten, ihre Münder, ihre Haut, ihr Atem.

Wie Immanuel Wassermann angekündigt hatte, schliefen sie kaum in jener Nacht, nur Gioia nickte für Minuten ein, während er sie betrachtete, auf den Ellbogen gestützt, und mit ihrem langen, offenen Haar spielte. Und irgendwann später, nach einer langen Umarmung, schob Gioia ihn lachend von sich und behauptete, er habe ihr ins Ohr geschnarcht.

»Ich habe in meinem Leben nicht geschnarcht«, rief er halbwegs beleidigt, und Gioia lachte kurz, dann zog sie ihn wieder eng an sich und flüsterte kaum hörbar: »Ich hätte nicht gedacht, Immanuel, dass es so schön ist, mit einem Mann zu schlafen.«

Immanuel Wassermann hatte bereits wieder eine spöttische Bemerkung auf den Lippen, doch ehe er sie loswurde, packte ihn etwas, das er für sich ein metaphysisches Gruseln nannte, eine Ahnung, so süß und bitter in einem, dass ihm ein Schluchzer entfuhr.

»Was ist los?«, rief Gioia und rückte unwillkürlich von ihm ab.

»Ich weiß es nicht«, antwortete er so erschrocken wie sie, setzte sich auf und tastete nach den Zigaretten. »Ich glaube, ich hatte Angst. Das wäre allerdings das erste Mal in meinem Leben, und ich wüsste auch gar nicht, wovor.« Noch immer sehr verwirrt, versuchte er zu lachen, dann zündete er zwei Zigaretten an, obwohl doch Gioia nicht rauchte, und murmelte kopfschüttelnd: »Was für eine Nacht! Ich schnarche, ich bin verheiratet, und ich habe Angst. Ich kenne mich nicht wieder.«

Gioia lachte erleichtert. »Das ist es also!«, rief sie und fuhr Immanuel Wassermann mit beiden Händen durchs Haar, das dicht gelockt war wie das eines Mädchens, dann küsste sie seinen Nacken, bis ihn fröstelte. »Du bist jetzt eben ein Mann«, erklärte sie ihm liebevoll, was sich seltsam ausnahm, denn Gioia Wassermann war eben achtzehn Jahre alt geworden, Immanuel war dreißig. »Und ich bin eine Frau«, fuhr sie fort, vergnügt und ruhig in einem. Und da Immanuel Wassermann noch immer nicht reagierte, sagte sie schließlich: »Wir sind Mann und Frau, Immanuel, stell dir vor.«

Er nickte, dann sagte er: »Und wir sind Fremde.«

»Ja«, sagte sie und lachte auf. »Bereust du es?«, fragte sie leichthin, denn sie bereute offensichtlich gar nichts.

Immanuel Wassermann hatte bis dahin die beiden Zigaretten gemustert, an denen er abwechselnd zog, nun lachte auch er und rief: »Um Himmels willen, etwas Besseres konnte mir nicht widerfahren! Und in Zeiten wie diesen sollte man keinen Tag verschwenden.«

Gioia sah ihm glücklich zu, wie er die erste Zigarette ausdrückte und aus der anderen noch einen Zug nahm. Sanft fiel sie ihm in den Arm, ehe er sie ebenfalls ausdrücken konnte, nahm seine Hand und führte sie mitsamt der Zigarette an ihren Mund. Während sie den Rauch einsog, schnupperte sie an seiner Haut, dann stieß sie den Rauch aus und sagte stolz nochmals: »Mein Mann!«

»Dein Mann ist ein Träumer«, warnte Immanuel Wassermann sie.

Gioia küsste seine Schulter, dann zog sie ihn wieder auf die Matratze nieder. »Als wüsste ich das nicht«, antwortete sie und klang mit einem Mal sehr erwachsen. »Hättest du mich sonst geheiratet?«

Als sie bei Tageslicht entdeckte, dass sie geblutet hatte, weinte sie wiederum wie ein Schulmädchen. »Wir ruinieren alles«, rief sie, schob Immanuel Wassermann vom Bett herab und zog das Laken ab. »Ach, sieh doch, die Matratze ist voller Blut! Die schöne neue Matratze!«

Vergeblich versuchte Immanuel Wassermann sie zu beruhigen. »Es ist nur eine Matratze«, sagte er, »und bestimmt lässt sich der Drillich leicht reinigen.«

»Das ist es ja eben«, rief Gioia und sah ihn so vorwurfsvoll an, als wäre seine Unwissenheit an allem schuld, »Blut geht nie aus! Blutflecken bleiben für immer, und es ist doch eine ganz neue Matratze!« Trotzdem – Immanuel Wassermann verkniff sich eine Bemerkung über die weibliche Logik – holte sie das Waschbecken ans Bett und rieb mit einem nassen Tuch und Seife die Flecken breit. Sie hatte recht gehabt, die Flecken wurden braun und etwas blasser, entfernen ließen sie sich nicht. In ihrem Umriss glichen sie dem amerikanischen Kontinent, was Immanuel Wassermann nun doch zu einem kleinen Scherz hinriss, aber Gioia Wassermann war nicht mehr zum Lachen zumute.

Während des ganzen Frühstücks blieb sie geknickt, und als der Wirt an ihren Tisch kam und hören wollte, wie sie auf der Matratze seines Bruders die Nacht verbracht hatten, lief Gioia rot an und versteckte das Gesicht in der Serviette.

Der Wirt begriff da erst seine Taktlosigkeit und reagierte sonderbar, er ohrfeigte sich nämlich links und rechts, während er für alle deutlich hörbar rief: »Liebes Lieschen, habe ich da die Frau Gattin in Verlegenheit gebracht! Peinlich ist das, ausgesprochen peinlich!«

Immanuel Wassermann brach in schallendes Lachen aus, er lachte, dass ihm die Tränen kamen, ja, schließlich verschluckte er sich gar, lachte, hustete und schniefte gleichermaßen und konnte sich so überhaupt nicht mehr beruhigen, dass Gioia Wassermann endlich ihre Scham vergaß, ihn um die Schultern fasste und ihm den Rücken klopfte. Als das nichts nützen wollte, hielt sie ihm ihre Serviette vor den Mund und rief: »Benimm dich doch, ich bitte dich, Immanuel, benimm dich, was sollen die Leute denken!«

Die anderen Gäste hatten sich an seinem Lachanfall längst angesteckt, einzelne verschluckten sich wie er und husteten, und eine Dame rief zwischen zwei Lachanfällen ganz fassungslos: »Wie man in solchen Zeiten nur so lachen kann!« Daraufhin fasste auch Immanuel sich kurz, sah auf und rief ihr fröhlich zu: »Nicht wahr? Und das als Jude!«

Danach explodierte jene Dame fast vor Lachen. »Er ist auch noch Jude«, rief sie, »Jude!« Und der ganze Frühstückssaal vergnügte sich.

Immanuel Wassermann hingegen fasste sich, als Gioia ihm zuraunte: »Du, sag lieber, wie machen wir das nun mit der Matratze?«

Der Wirt war wieder in der Küche. »Lass mich nur machen«, sagte Immanuel Wassermann, und nachdem er sich mit der Serviette Mund und Stirn gewischt hatte, folgte er ihm dorthin.

Aus der Küche kam er länger nicht zurück, und Gioia Wassermann entschied endlich, ohne ihn ins Zimmer zu gehen und sich schon reisefertig zu machen. Auf der Treppe begegnete ihr Immanuel, der eben die eingeklappte Matratze zum Wagen trug.

Gioia machte kehrt, lief ihm voraus und hielt die Türen auf. »Ich musste eine schöne Stange Geld hinblättern«, sagte er, »die Lieferfrist für diese Wunderdinger scheint eine halbe Ewigkeit zu betragen.«

»Wie viel denn?«, fragte Gioia nervös.

»Ach, das Geld war schließlich gar nicht ausschlaggebend«, sagte er. »Er gab sie mir, als ich verriet, dass du auf diesem tollen Ding das erste Mal in deinem Leben – nun ja, glücklich beigeschlafen hast.«

Gioia stieß einen kleinen, spitzen Schrei aus.

»Das hast du nicht getan«, rief sie entsetzt und schlug ihn die ganze Zeit mit ihren Kinderfäusten in den Rücken, während sich Immanuel Wassermann abmühte, die sperrige Matratze zwischen Rücksitz und Fahrerlehne des beigefarbenen Isotta-Fraschini einzuklemmen.

»Was hätte ich tun sollen?«, rief er lachend und versuchte mit einer Hand, sie halbwegs auf Distanz zu halten. »Sollte ich ihm die Flecken zeigen?«

Gioia ließ endlich von ihm ab, setzte sich ins Auto und versteckte wie schon beim Frühstück das Gesicht. Er konnte sie nicht dazu bewegen, nochmals den *Leonhardshof* zu betreten, um die Zähne zu putzen und sich für die Fahrt zu kleiden. »Mach mir die Bürste nass«, rief sie Immanuel Wassermann nach, als er hineinging, um seinen Veston, ihr Jäckchen und ihr Hütchen zu holen, »ich putze mir die Zähne unterwegs.«

Als er zum IF zurückkehrte, fand er seine Frau erst gar nicht wieder, denn inzwischen hatte sie sich auf dem Rücksitz eingerollt wie eine Katze und schlief, ein dünnes, spitzenumsäumtes Taschentuch über Gesicht und Haar gelegt. So konnte er ihr auch noch nicht sagen, dass er nach Berlin telefoniert hatte und ihm geraten worden war, nicht heimzukehren, weil die Gestapo sich nach ihm erkundigt hatte. Doch er weigerte sich auch noch immer, den Anstreicher ernst zu nehmen, und beschloss, die Warnung seines Prokuristen in den Wind zu schlagen. Viel zu sehr freute er sich darauf, Gioia seinen Freunden vorzuführen.

1944

Wenn die Sirenen heulen, rennt ihr in den Keller und kriecht unter die Matratze«, schärfte Nora Weishaupt ihren Kindern jeden Morgen ein, ehe sie zur Schaffhauser Post ging, um ihren Dienst als Schalterfräulein anzutreten.

Sie hätte das nicht zu tun brauchen, denn die Kinder liebten es, im Keller zu spielen, und warteten voll Ungeduld darauf, dass die Sirene heulte. Wenn nicht gerade Fliegeralarm war, blieb Kindern ohne Begleitung ihrer Eltern der Zugang zum Keller untersagt. Aus Gründen der Sicherheit und Hygiene, hieß es, tatsächlich aber, weil im Erdgeschoss Hausmeister Fischli mit seiner betagten Mutter wohnte, und beide waren, wie sie sagten, »angeboren lärmempfindlich«.

Zwar erhielten die Weishaupts, bald nachdem ihre Vormieterin Gioia Wassermann ihnen die Wohnung übergeben hatte, wie alle größeren Familien ihren eigenen Kellerraum, doch der Lärm drang, sagte Herr Fischli, durch die Decke. Die

Weishaupts, das waren Nora und ihre drei Kinder, von denen jedes eine andere Haarfarbe und einen anderen Vater hatte, von denen inzwischen keiner mehr lebte.

In diesem Frühjahr wurde oft Fliegeralarm gegeben, meist jedoch abends. Die Amerikaner, erklärte Nora Weishaupt den Kindern, flogen dann von Frankreich oder London aus nach Deutschland, um die Nazis dafür zu bestrafen, dass sie Kindern ihre Väter stahlen.

»Aber hier ist doch die Schweiz«, sagte Paulchen, »warum müssen wir uns vor ihnen verstecken?« Viel lieber wäre er raus auf die Straße, um zuzusehen, wie die Bomber vorbeidonnerten.

»Nachts«, sagte allerdings Nora Weishaupt, »sehen die Amerikaner nicht so genau, wo Deutschland anfängt, und Schaffhausen liegt so nah an Deutschland, dass es leicht passieren kann, dass sie schon hier ihre Bomben abwerfen.«

Und für die nächtlichen Alarme lag auch Gioia Wassermanns Matratze im Keller, auf ihr fanden alle drei Kinder Platz und schliefen besser als auf den dünnen Rosshaarmatten ihrer Kinderbetten. Nora Weishaupt saß jeweils daneben und »wachte«, wie sie es nannte – sie besserte Strümpfe aus und las Dantes *Göttliche Komödie*, die Gioia Wassermann zusammen mit der Matratze und einigen anderen Büchern, alle noch in hübsches Geschenkpapier verpackt, zurückgelassen hatte. (»Meinem liebsten Immanuel zum Hochzeitstag« hatte sie hineingeschrieben, in ihrer eigenwillig verschnörkelten Schrift. In einem Buch zur italienischen Küche stand »Für Immanuel zu unserem zweiten Hochzeitstag«. »Immanuel zum Vierten« stand nur noch in einem schmalen Heft Gedichte von Petrarca, und Gioias Handschrift war inzwischen schlanker.)

Wie alle war Nora Weishaupt überzeugt, dass tagsüber von den Alliierten nicht ernsthaft Unheil drohte, denn in Schaffhausen waren auf vielen Dächern große Schweizerfahnen ausgebreitet. Dennoch galt die Anweisung, alles stehen und liegen zu lassen, sobald die Sirene ertönte, und die Schutzräume aufzusuchen. Ihre Stelle bei der Post verlangte, dass Nora Weishaupt die Kinder, die drei, vier und sieben Jahre alt waren, tagsüber in der Wohnung allein ließ, nur über Mittag kam sie heim und kochte eilig, ehe sie wieder zur Arbeit musste. Sie hatte den Kindern verboten, die Wohnung zu verlassen und auf der Straße zu spielen, die Kinder langweilten sich oft, und umso mehr freute sie der Betrieb, der im Treppenhaus ausbrach, sobald die Sirenen heulten.

So gab es auch am ersten April ein lautes Hurra, als um halb elf Uhr morgens Bombenalarm gegeben wurde. David, der Älteste, schloss die Tür auf, und die drei Kinder polterten an allen Nachbarn vorbei die Treppe hinab. Sie waren gern die Ersten, denn dann durften sie im Keller das Licht andrehen (auch Lichtschalter zu benutzen war ihnen sonst verboten).

Im Kellerabteil spielten sie stets dasselbe Spiel. Der Schlitze wegen, denen entlang die Matratze eingeklappt werden konnte, konnte man sie auch, wenn man das Kopf- oder Fußende gegen die Wand lehnte, aufstellen wie ein Haus. In diesem Haus saßen die drei Kinder und taten, als würden sie aufs schwerste bombardiert. Manchmal gab David auch einen Bomberpiloten und schlug von außen gegen die Matratze, Paulchen und Doro waren dann die Bombardierten und schrien: »Zu Hilfe, zu Hilfe!«, und: »Er bombt, er bombt!«, klammerten sich aneinander und jammerten, so laut sie konnten. Wann der Angriff vorbei war, bestimmte jeweils David, danach spielten sie, das Bombardement sei glücklich überstanden, schleppten sich ins Freie, das heißt unter der Matratze hervor, oder wenn sie verletzt waren, schleppte David allein die Kleinen ins Freie, um sie zu verarzten und die Toten zu begraben, nachdem sie sie nach Wertsachen durchsucht hatten. Auch die Trümmer durchsuchten sie, dann kochten sie in den Ruinen ihr Mittagessen und taten all das, was den Erzählungen Nora Weishaupts zufolge, die die Kinder allabendlich von ihr als Einschlafgeschichte forderten, Menschen so taten, wenn sie ausgebombt waren.

An jenem ersten April geriet ihr Spiel noch schöner als sonst, sie hörten förmlich die Bomben krachen, fühlten, wie die Luft zitterte und die Erde wackelte, die Matratze machte regelrecht Luftsprünge, einige Male flogen gar echte Splitter. Doro und Paulchen kreischten um die Wette, und ganz besonders, als David plötzlich in die Knie ging, sich den Kopf hielt und das Gesicht mit Blut beschmiert hatte.

»Du bist doch aber Bomber«, schrie Doro durch das Getöse, »dich hauen keine Bomben!«

»Ich bin getroffen«, rief David und wusste nicht, ob er weinen sollte oder sich freuen über all das Blut. »Ich glaube, mein Bomberflugzeug wurde abgeschossen.«

Gleich darauf kippte er weg, schlug mit dem Kopf auf dem harten Boden auf, verdrehte die Augen und bewegte sich eine Weile überhaupt nicht mehr. Doro und Paulchen schrien erst richtig los, sie merkten jetzt erst, dass es noch immer krachte, obwohl sie überhaupt nicht mehr bombardiert spielten, es begann auch zu stinken, und als David wieder wach wurde, sagte er: »Wisst ihr was? Ich glaube, das ist echt.«

Wenigstens konnte er sich aufsetzen und blieb zwar käsig im Gesicht, blutete aber kaum noch, und als das Donnern und Beben draußen nachließ und nur noch ab und zu ein Splittern, Krachen oder Poltern zu hören war, dafür mehr und mehr Geschrei von Menschen und dann auch Krankenautos mit ihren Hörnern, entschieden sie, den Keller zu verlassen.

Die Tür ließ sich nur aufschieben, indem sie sich energisch dagegenstemmten – die dreijährige Doro tat zumindest, als würde sie stemmen –, denn die Decke war abgebröckelt, der Vorkeller lag voller Schutt, und als die Kinder die Treppe hochkamen, entdeckten sie, dass das Haus zur Hinterhofseite hin ein riesiges Loch hatte. Sie nahmen einander bei den Händen und traten auf die Straße hinaus, dort brannten Häuser, es herrschte furchtbarer Qualm, und überall am Boden lagen entweder Trümmer, oder man hatte Menschen hingelegt. Einige schrien und jammerten, andere regten sich überhaupt nicht mehr, eine davon war die alte Frau Fischli. Hausmeister Fischli kauerte neben ihr und hielt ihre Hand, er war wie die meisten Leute weiß von Staub vom Haar bis zu den Zehen, und erst starrte er vor sich hin, als wäre er eingefroren, dann übergab er sich kurz und starrte nochmals, bis ein Sanitäter kam, die alte Frau Fischli zudeckte und ihren Sohn zu einem Zelt führte, in dem sie, wie David den Kleineren erklärte, zweifellos Verletzte sammelten.

Paulchen wollte nachsehen, doch David sagte: »Wir müssen zur Post. Bestimmt ist schon Mittag, und Mutti weiß gar nicht, dass sie zu Hause nicht für uns kochen kann.«

»Kann sie denn in der Post für uns kochen?«, fragte Paulchen.

»Das werden wir sehen«, sagte David. »Wenn nicht, kauft sie uns vielleicht bei Bäcker Lachmann eine Schnecke.«

Sie kamen aber nicht bis zur Post, dort war der ganze Häuserblock abgesperrt und die Feuerwehr an der Arbeit, an die hundert Mann oder ein halbes Bataillon, wie David sagte. Trotzdem schlug das Feuer so hoch aus, dass der Munot dahinter verschwand, und die Menschen, die sich retteten oder gerettet wurden, waren nicht weiß wie die Menschen in der Fulachgasse, sondern schwarz und angekokelt. Ihr Blick war aber auch wie eingefroren.

David, Paulchen und Doro berieten sich eine Weile, ehe sie sich darauf einigten, welche der angekokelten Gestalten Herr Kaltenberger war, der Poststellenleiter, dann gingen sie zu ihm und baten ihn, sie zu ihrer Mutti zu führen oder ihnen doch zumindest zu verraten, wo sie sie fanden. Herr Kaltenberger verstand jedoch erst gar nicht, was sie von ihm wollten, und als sie ihm endlich klarmachen konnten, dass sie Dora Weishaupts Kinder waren, schüttelte er lange stumm den Kopf, dann sagte er so leise, dass nur David ihn verstand, ihre Mutti sei wieder aus dem Bunker gerannt, als die ersten Bomben fielen, und habe heimgewollt, dem Luftschutzwart, der sie habe festhalten wollen, habe sie bös das Gesicht zerkratzt, und dann sei sie hinaus auf den Platz, dabei habe schon alles gebrannt. Und zuletzt sagte er noch etwas sehr Sonderbares: »Habt keine Angst, Kinder«, sagte er, während er versuchte, mit der angekokelten Hand Davids Kopf zu tätscheln, »es kann sich nur um einen Aprilscherz handeln.«

1951

Simon Pistorius war überzeugt, notfalls auch ohne Schlaf auszukommen, aber seine Frau Mirtha bestand darauf, die Matratze zu kaufen, die das Rote Kreuz in einem monatlichen Basar anbot, in dem es Kriegsbeschädigtes aus Schweizer Haushalten verkaufte, Gerümpel aus Sammelaktionen und verwaistes Flüchtlingsgepäck, das in einer gesetzlich vorgeschriebenen Frist niemand beansprucht hatte.

»Denk dir«, sagte Mirtha Pistorius, »nachts können wir auf ihr schlafen, tagsüber klappen wir sie zusammen und haben eine Sitzbank. Wenn wir ein Tuch darüberlegen und eine kleine Bank auftreiben, können wir sogar Gäste daran bewirten.« Wirklich hatten sie bisher weder Tisch noch Stuhl, sie lebten aus einem einst vom Platzregen durchweichten, seither sich immer mehr entblätternden Pappkoffer.

»Wir erwarten keine Gäste«, murrte Simon Pistorius.

»Das macht nichts, Schatz, wir haben auch kein Tuch«, entgegnete Mirtha Pistorius und kaufte die Matratze.

Sie wohnten in einem einfachen Zimmer im Soussol einer Druckerei in Affoltern, einem Außenquartier von Zürich. Genau gesagt war es nicht einmal ein Zimmer, nur eine Nische in der Werkstatt, in der zu besseren Zeiten Papier gestapelt worden war. Inzwischen war Papier rar geworden, die Nische leer geräumt und der Drucker froh um jenen Franken Miete, den er dafür wöchentlich kassierte. Da Simon Pistorius den wöchentlichen Franken Miete allerdings nicht jedes Mal auftreiben konnte, arbeitete er für den Drucker, einen gewissen Peter Stadler, reinigte die Druckmaschinen oder retouchierte, und Mirtha Pistorius sortierte Kassenbelege und kaufte für Peter Stadler ein, denn der war Junggeselle und sehr beschäftigt mit einem seltenen Hobby, er dressierte Hunde für den Film.

Simon Pistorius war ausgebildeter Gemälderestaurator und hatte in jungen Jahren für eine jüdische Familie außerhalb von Straßburg gearbeitet, die eine erstaunliche Sammlung von Bildern des fünfzehnten und sechzehnten Jahrhunderts besaß, niederländische Kunst vor allem. Doch nach ihrem Einmarsch hatten die Nazis das Anwesen besetzt, die gesamte Familie verhaftet und deportiert und die Gemälde verkauft. Simon Pistorius war in Amerika unterwegs gewesen, als der Krieg ausbrach, im Auftrag seines Arbeitgebers hatte er dort Bilder begutachtet. Er blieb jenseits des Atlantiks, bis Deutschland besiegt war, seither kämpfte er dafür, dass die Kunstsammlung wieder zusammengeführt und der Öffentlichkeit zugänglich gemacht würde. Dabei ging es ihm nicht in erster Linie um die Bilder, obwohl er jedes stets vor sein inneres Auge rufen konnte, dreihundertsiebenundfünfzig Ölgemälde, siebentausend Nebenwerke, Vorstufen und Schriftstücke, deren aller Spuren er verfolgen wollte, um die heutigen Besitzer einzuklagen und die Herausgabe der Bilder zu erzwingen. In erster Linie ging es ihm um die getötete Familie, der er so vieles verdankte und deren Namen er ehren und dem Vergessen entreißen wollte. Zahlreiche Kunstwerke waren über die Schweiz verkauft worden, über Basel oder Zürich, und so versuchte er nun hier sein Glück, nachdem er in Brüssel und Paris bereits gescheitert war.

Mirtha Pistorius unterstützte ihren Gatten rückhaltlos, obwohl sie sich ein leichteres Leben gewünscht hätte. Ein Daheim, eine geregelte Arbeit, auch drei, vier Kinder wären schön gewesen. Doch sie war selbst dem Tod im Krieg nur durch Zufall entgangen, die meisten ihrer Angehörigen und Freunde waren umgekommen, und so sah sie sich nicht im Recht, etwas für sich zu fordern, im Gegenteil: Mit ihrem Mann, den sie sehr liebte, einem Pass, der ihr erlaubte, sich frei zu bewegen, und einem solchen Lebensziel sah sie sich schon viel zu reich beschenkt. Eine bedeutende Kunstsammlung wiederherzustellen (die sie nie gesehen hatte) und damit das Werk einer Familie zu retten, die Opfer einer Epoche der Barbarei geworden war, hielt sie für wichtiger als ihr privates Glück (ihr Mann ging gar noch weiter, er sah in seinem Engagement die einzige Rechtfertigung, dass er noch lebte, während so viel Bessere hatten sterben müssen).

Mirtha Pistorius' Wille zu leiden fand allerdings ein Ende, wenn es um die Gesundheit ging. Ihr Mann und sie hatten körperliche Schäden, seit sie auf dem Betonboden schliefen (genau genommen schliefen sie auf dünnen Lagen Zeitungspapier, die sie allabendlich als Bett herrichteten): Mirtha Pistorius hatte Rheuma, Simon Pistorius beidseits Hüftarthrose. Zudem schliefen sie nur wenig, einerseits der Schmerzen wegen, andererseits wurde die Druckerei nur durch die Abwärme der Maschinen geheizt, und die verlor sich nachts schnell, denn die Druckerei war einfach verglast, auch fehlten Fensterscheiben, und bereits im Spätseptember sank das Thermometer im Morgengrauen gegen null. Die Kälte, die in die Werkstatt eindrang, sammelte sich auf dem Betonboden, und regelmäßig träumte Simon Pistorius, er schlafe auf einem gefrorenen See.

Um die Matratze vom Rotkreuz-Basar heimzuschaffen, leistete sich Mirtha Pistorius eine Fahrt im Vorstadtzug, Simon Pistorius ging zu Fuß, für den gesparten Zehner kaufte er unterwegs Dinkel, den weichten sie jeweils über Nacht ein und aßen ihn zu allen Mahlzeiten. Es war schon dunkel, als er durch Wipkingen kam, so traute er sich, in einem Schrebergarten eine Gurke zu stehlen, er notierte sich aber den Ort des Diebstahls in ein mit kariertem Stoff umspanntes Büchlein, um später – dann, wenn er die Kunstsammlung wieder zusammengeführt hatte und kleine Schriften dazu publizieren konnte – für die Gurke zu zahlen.

Der Mond schien hell in jener Nacht, dafür war er dankbar, denn in Wolkennächten verlief er sich oft. Zudem sparten sie Kerzen, wenn sie im Mondlicht zu Abend essen konnten. Herr Stadler drehte den Strom in der Druckerei nämlich jeweils bei Feierabend ab und verriegelte das Kontor, in dem der Schalter montiert war.

Als Simon Pistorius endlich die stets klemmende

Glastür zur Druckerei aufstemmte, empfing ihn Mirtha in aufgeräumter Stimmung. Sie hatte unverhofft Hilfe erhalten, als sie die Matratze heimtrug. Ein junger Herr im Zweireiher hatte ohne zu fragen angepackt und sie den ganzen Weg über mit seinen Scherzen zum Lachen gebracht. Er war, wenn sie recht verstanden hatte – denn er sprach schweizerdeutsch mit ihr –, in einem Planungsbüro für Großbauten tätig und hatte ihr beim Abschied seine Karte gegeben. Simon Pistorius murrte wieder, er mochte es nicht, wenn seine Frau fremde Hilfe in Anspruch nahm, und hätte ihr sehr wohl auch geholfen, hätte sie am Bahnhof auf ihn warten wollen. In ihrer aufgeräumten Stimmung mochte Mirtha Pistorius aber auch über ihn nur lachen. »Vier Stunden hast du gebraucht«, rief sie, »da werde ich wohl warten! Und überhaupt bist du ja eifersüchtig!«

Natürlich war Simon Pistorius eifersüchtig, er konnte ohnehin nie begreifen, dass seine Frau ihn liebte, zumal sie andauernd interessante Bekanntschaften machte, und jeden Morgen beim Erwachen rechnete er damit, sich allein wiederzufinden. Doch wunderbarerweise lag Mirtha stets neben ihm, oder sie war schon aufgestanden, um Frühstück zu machen, das meist aus Dinkelschleim, Zichorienkaffee und Gänseblümchen oder Löwenzahn bestand, der, wie sie meinte, gut sei, um die Leber zu entgiften. Die Gänseblümchen beruhigten das Herz.

Die Matratze lag schon ausgebreitet, und Mirtha hatte nochmals probegelegen. »Herrlich ist sie«, versicherte sie ihm, »ganz einfach herrlich.«

»War er noch hier, als du darauf gelegen hast?«, fragte Simon Pistorius. Doch wieder lachte seine Frau ihn nur aus. Sie stieß ihn auf die Matratze, und er musste sich eingestehen, man lag darauf tatsächlich herrlich. So kam es, dass er, wie er war, noch in Weste und Hose und die Gurke in der Tasche (die er doch hatte schälen und zum Abendbrot servieren wollen), einschlief.

Als er mitten in der Nacht erwachte, lag Mirtha bei ihm. Sie hatte den Kopf auf seine Brust gelegt, und auch sie war noch nicht ausgezogen.

»Nun, ist sie herrlich?«, fragte sie, als sie bemerkte, dass er wach war.

»Meinetwegen«, brummte er, »von oben her herrscht aber trotzdem Durchzug.«

Mirtha Pistorius stand auf und schlüpfte aus dem Kleid. »Zieh dich aus«, befahl sie, »ich mache, dass dir warm wird.« Als er Hose und Weste abgestreift und sich wieder hingelegt hatte, deckte sie ihn mit einer Wolldecke der Schweizer Armee zu, die sie ebenfalls beim Roten Kreuz erstanden hatten, dann kroch sie zu ihm unter die Decke. Das war ein Liegen, wie sie es kaum noch kannten, nichts drückte, nichts schmerzte, auch ihre Körper schmiegten sich ganz weich aneinander.

»So fühlt es sich an, ein Mensch zu sein«, erinnerte sich Simon Pistorius, »ich hatte das schon beinahe vergessen.« Und sie schliefen sogar miteinander.

Am anderen Morgen entdeckten sie den alten Fleck – ein Bettlaken hatten sie sich nicht geleistet –, und als Mirtha rief: »Sieh doch, Simon, Amerika!«, fühlte Simon Pistorius, dass auch in seinem Inneren etwas weich geworden war. Und so war für einmal weder Spott noch Bitterkeit in seiner Stimme, nur Trauer, als er sagte: »Das ist Blut, Mirtha.« Und als seine Frau ihn fragte, wo er heute vorstellig werden und um welches Bild er kämpfen werde, antwortete er zu ihrer beider Überraschung: »Heute, Mirtha, ruhen wir einfach nur aus.«

Leider war Mittwoch, die Druckgesellen würden bald kommen, notgedrungen klappten sie die Matratze wieder ein und stellten sie hinter die Tür, um Platz zu schaffen. Gemeinsam schüttelten sie im Hof die Decke aus und falteten sie, während sie sich den Kopf zerbrachen, wie sie es anstellen mochten auszuruhen. Doch da sie beide noch nie auf einen Berg gestiegen waren, beschlossen sie endlich – und ihrer schlechten Schuhe zum Trotz –, per Anhalter die Alpen zu besuchen.

1962

Rosi und Heinz Stadler lebten in einer winzigen, doch schönen Wohnung in einem Mehrfamilienhaus in bester Lage in der Winterthurer Innenstadt. Das Haus gehörte ihrem Sohn Peter, der auch zwei Druckereien besaß und Teilhaber einer Zeitung war. Das Haus lag hübsch am Rande eines Parks, doch Rosi und Heinz Stadler gingen kaum noch aus. Rosi war nicht eigentlich bettlägerig, doch verlor sie außerhalb der Wohnung leicht die Übersicht, wurde nervös, und es konnte geschehen, dass sie plötzlich einen Haken schlug und energisch in irgendeine Richtung lief, in der sie sich zu Hause glaubte. Dabei nahm sie keine Rücksicht auf den Verkehr, auf Ladenschranken, Teiche oder Blumenbeete. Nur in ihrer Wohnung fühlte sie sich wohl, im Bett am wohlsten, oft mochte sie es nicht einmal verlassen, um auf die Toilette zu gehen. Das war deshalb nicht allzu schlimm, weil sie auf einer Matratze schliefen, deren Mittelteil kaum Nässe aufnahm, und frische Wäsche lag stets im Schrank.

Die Matratze hatte ihnen Peter geschenkt, auch der Lehnsessel, in dem Heinz tagsüber saß, stammte von ihm.

Rosi verbrachte die Tage gern hochgelagert, sah aus dem Fenster auf den Wipfel einer Linde, in der am Morgen und am Abend eine Amsel saß, hörte Radio Beromünster und rauchte. Heinz Stadler nahm täglich das Schlafzimmer und das Bad nach einem festen Ritual feucht auf und wischte Staub (das zweite Zimmer und die Küche blieben ungenutzt, denn das Essen brachte eine Nachbarin, der Peter Stadler ein Entgelt zahlte, sie machte auch die Wäsche). Hielt Rosi ihren Mittagsschlaf, verließ Heinz kurz das Haus, um ihr Zigaretten zu holen und sich die Zeitung, danach nahm er im Lehnstuhl Platz und schlief auch etwas.

Als Radio Beromünster meldete, in Zürich sei Gottlieb Duttweiler gestorben, der die *Migros* und den *Landesring der Unabhängigen* gegründet hatte – er war auch National- und Ständerat gewesen –, beschäftigte das Rosi sehr. »Er war ein guter Mensch«, erklärte sie, »wir müssen zur Beerdigung.«

»Als er den Hotelplan gegründet hat, hast du ihm einen bösen Brief geschrieben«, erinnerte sie Heinz. »Du hast geschimpft, er ruiniere den Tourismus. Du wolltest auch nie in der *Migros* Kommissionen machen.«

»Das ist Schnee von gestern«, sagte Rosi. »Der Mann hat die Schweiz vor dem Krieg bewahrt, dafür müssen wir ihm danken.«

»Das war General Guisan«, sagte Heinz Stadler, »der starb schon vor zwei Jahren.«

»Wir müssen zur Beerdigung«, betonte Rosi Stadler nochmals.

»Ich weiß«, sagte Heinz Stadler. »Liegst du bequem?«

»Ich liege immer bequem«, antwortete Rosi, »ich bin leicht wie eine Feder.«

Sie war tatsächlich früher leicht gewesen, der Arzt hatte sich sogar gesorgt, dass sie die Schwangerschaft nicht überstehen könnte, daran dachte Heinz Stadler und freute sich, wie robust sie heute war. Während er Tee aufbrühte, spielte Radio Beromünster leichte Klassik, und Rosi summte mit. Auch eine schöne Stimme hatte sie einmal gehabt.

Dann kamen wieder Nachrichten. »Der Duttweiler ist gestorben«, erzählte sie, als Heinz mit dem Tablett ins Zimmer kam. »Er war ein so guter Mann! Wir müssen zur Beerdigung.«

»Ich weiß«, antwortete Heinz Stadler, »möchtest du auf die Toilette gehen?«

»Das ist jetzt nicht der Augenblick, Heinz«, wies sie ihn zurecht. »Dem Duttweiler verdanken wir die Unabhängigkeit.«

»Das war der Guisan«, sagte Heinz. »Der Duttweiler hat die *Migros* gegründet, sie sagen es gerade.«

»Die wissen das nicht besser«, sagte Rosi, »ich war beim Duttweiler zu Gast.«

»Das war der Bundesrat Etter«, erklärte Heinz Stadler, »und du warst nicht sein Gast, du durftest einen Tag lang seine Stenotypistin vertreten.«

»Du redest Unsinn«, sagte Rosi Stadler, »im Krieg braucht es keine Stenotypistin.«

»Das war vor dem Krieg«, antwortete Heinz Stadler gereizt, »und wenn hier jemand Unsinn redet, bist du es.«

Seine Frau dachte kurz darüber nach, was er gesagt hatte, dann hatte sie jedoch vergessen, dass sie nachdachte, und wiederholte: »Wir müssen an seine Beerdigung. Hast du den guten Anzug noch?«

Heinz Stadler war froh, etwas zu tun zu haben, ging zum Schrank und zeigte ihr den guten Anzug.

»In diesem Anzug hast du um meine Hand angehalten«, sagte sie.

Jener Anzug war ein anderer gewesen, doch Heinz Stadler freute es, dass sie erinnerte, dass sie verheiratet waren. »In Zürich in der *Kronenhalle*«, sagte er. »Dein Vater fand, der spinnt ja, so viel Geld auszugeben, nur damit ich ihm die Rosi gebe.«

Sie lachte. »Dabei hatte *ich* gesagt, wenn du mich

haben willst, musst du mit ihnen in die *Kronenhalle*. Das muss ein Abend werden, den sie nie vergessen, hatte ich gesagt.«

»Das haben sie bestimmt nie«, sagte Heinz. »Zürigeschnetzeltes gab es mit Salat, und dazu Veltliner. Dass du dich noch erinnerst! Musst du auch wirklich nicht auf die Toilette?«

»Es ist jetzt nicht der Augenblick«, erklärte Rosi. »Zieh den Anzug an, wir sind spät dran.«

»Spät dran wofür?«, erkundigte sich Heinz und zog den Anzug an.

Rosi musterte ihn. »Schön siehst du aus«, fand sie, »nur zu jung. Du musst dir einen Schnauzbart wachsen lassen. Ruf sie an und sag, wir kommen später.«

»Wen?«, fragte Heinz, doch da meldete Radio Beromünster wieder, dass in Zürich Gottlieb Duttweiler gestorben war.

»Wie traurig«, rief Rosi, »er war ein so guter Mensch! Und fesch! Er trug immer einen guten Anzug.«

»Möchtest du noch immer nicht auf die Toilette?«, fragte Heinz Stadler.

»Zu spät«, sagte sie, während Heinz Stadler das Bett neu bezog, »immer kommen wir zu spät. Wir hätten ihn einmal zu uns einladen sollen, er war ein guter Mensch.«

»Das glaube ich auch«, sagte Heinz Stadler. »Wir waren früher manchmal etwas empfindlich.«

»Du vielleicht«, sagte Rosi, »ich nicht.«

»Nein, du nicht«, versicherte er ihr, »du warst schon immer die Frau, die ich liebe.«

»Und ich hätte jeden haben können«, sagte Rosi. »Auch diesen Duttweiler. Als ich bei ihm zu Gast war ...«

»Das war der Etter«, sagte Heinz Stadler und kämmte sie.

»Der Etter?«, rief Rosi. »Der Etter war doch verheiratet.«

»Wir sind auch verheiratet«, sagte Heinz Stadler.

Rosi lachte laut heraus. »Du und ich? Einen wie dich würde ich wohl noch ranlassen.«

Heinz Stadler lachte auch. »Wir haben zusammen ein Kind, den Peter.«

»Du und ich?«, rief sie wieder, »ja, auch noch! Du weißt doch gar nicht, wie das geht.«

»Soll ich es dir zeigen?«, fragte er kokett und zog sich wieder aus. Doch ehe er nackt war, brachte die Nachbarin das Abendessen.

»Schon Schlafenszeit, Herr Stadler?«, fragte sie. »Essen Sie doch erst, ich bringe Ihnen Wienerli mit Brot und Krautsalat.«

Wie immer aß Rosi im Bett, Heinz in seinem Lehnstuhl. In der Linde sang kurz die Amsel, und

Radio Beromünster berichtete noch zweimal von Duttweilers Tod. Währenddessen ging draußen die Sonne unter, das Licht wurde fahl. Sie rauchten noch beide eine Zigarette – Heinz Stadler rauchte nur immer diese eine, zum Ende des Tages –, dann legte er sich zu Rosi ins Bett und zog sie an sich.

»Ich bin sehr froh, dass du keinen anderen geheiratet hast«, sagte er, während er ihre Nackenfalten küsste.

»Das glaube ich dir wohl«, antwortete sie, »eine wie mich bekommst du nicht alle Tage.«

»Weißt du, wohin ich gern einmal mit dir verreist wäre?«, fragte er in ihren Nacken hinein.

»Nein«, sagte Rosi Stadler und erschauerte leise unter seinem Atem.

»Nach Amerika«, sagte Heinz, »und zwar auf einem großen Schiff.«

»Für lange?«, fragte Rosi Stadler.

»Vielleicht für immer«, antwortete Heinz, doch Rosi schlief bereits. Als etwas später unter dem Fenster ein Lastwagen hupte, stellte er sich vor, er höre die Sirene ihres Schiffs, und malte sich aus, wie er an Rosis Seite, Hand in Hand im Bug des großen Dampfers, in die Abenddämmerung entglitt.

1973

Obwohl es erst Ende August war, wurde ihr Deux-Chevaux als letztes Auto in Andermatt auf die Passstraße gelassen, danach war der Gotthard wegen Schneefall gesperrt. Es hatte geregnet, seit sie Göschenen passiert hatten, und sie hatten zweimal angehalten. An einer Tankstelle hatten sie Plastikfolie geschnorrt, um die Matratze abzudecken, die Lorenz aufs Dach gebunden hatte, dann hielten sie nochmals auf offener Straße, um die Folie fester zu zurren, denn sie hatte sich an einer Ecke gelöst, schlug gegen die Windschutzscheibe und nahm Lorenz die Sicht.

Für Sibylle, die eben siebzehn Jahre alt war, war es die erste Reise mit einem Deux-Chevaux, die erste ins Tessin und die erste Reise, die sie mit einem Mann unternahm, der nicht ihr Vater oder Großvater war. Lorenz kannte die Strecke inzwischen gut, das Jagdhäuschen seines Onkels im Malcantone war ein Lockvogel, mit dem er in jenem Jahr schon mehrere Mädchen geködert hatte. Die meisten Ausflüge waren schwierig geraten – die Tatsache, dass in der Hütte ein einziges Bett stand, dazu ein schmales, beschleunigte das Kennenlernen in einer Weise, die oft nicht förderlich war. Zählte er nach, erkannte er, dass von fünf Verführungsversuchen drei gescheitert waren, einer – mit einer Religionsstudentin, die Verena hieß – hatte zwar auf dem Bett geendet, doch dort war ihm alle Lust abhandengekommen, denn Verenas Atem roch nach Rindsleber und brackigem Seewasser, der Geruch wurde, als sie dem Höhepunkt entgegensteuerte, so heftig, dass er schließlich aufsprang und Tür und Fenster aufriss. Ein Ausflug immerhin war großartig gewesen. Monica, Psychologiestudentin im zweiten Semester, hatte nur leider am nächsten Morgen erkannt, dass das mit ihrem Exfreund doch nicht so endgültig abgeschlossen war, wie sie sich eingeredet hatte, und wollte Lorenz nicht als Seitensprung missbrauchen. Er hätte sich gern noch weiter missbrauchen lassen, doch Monica ließ nicht einmal mehr zu, dass er sie heimfuhr. Sie nahm in Lugano den Zug, und obwohl sie ihn zum Abschied nochmals mit Zunge küsste, schien sie ihm in Gedanken schon weit fort.

Sibylle war das erste Mädchen, das ihn mit keinem Wort nach seinen Absichten gefragt hatte (die anderen hatten ihm Gelegenheit gegeben, ausschweifend über die Befreiung von gesellschaftlichen Zwängen zu philosophieren, über Woodstock und sein Bedauern darüber, dass die Schweiz sich so wenig visionär zeige – als »visionär« betrachtete er Drogen, Alkohol und Gruppensex), stattdessen fragte sie nach Beschaffenheit und Lage der Hütte. Als sie hörte, das Bett sei schmal, bestand sie darauf, eine Matratze mitzunehmen. Das hatte nichts mit Anstand oder Vorsicht zu tun – Sibylle hatte längst entschieden, sich von Lorenz entjungfern zu lassen –, sie gab sich nur gern interessant und fand, die alte, speckige Matratze gebe ihr ein gewisses Flair. Sie hatte sie im Haus ihres Onkels gefunden, der nach dem Tod seiner Eltern alle Habe aufgelöst hatte, um in einem plötzlichen Entschluss nach Burbank, Kalifornien, auszuwandern und für Walt Disney Hunde abzurichten. Davon erzählte sie Lorenz nichts, sie zeigte ihm aber die Silhouette des amerikanischen Kontinents und nicht weit davon einen kleineren, scharf gezeichneten Fleck, den wiederum ein Kranz von Löchern umgab, die von Messerstichen oder Splittern stammen mochten. Die Matratze, behauptete sie, als sie losfuhren, sei eine Schatzkarte, der Fleck kennzeichne eine Schiffsladung peruanisches Gold, Raubgut venezianischer Seefahrer, das dort in einem Gefecht gesunken sei.

Nun, Lorenz interessierten mehr Sibylles feste, kleine Brüste, obwohl er sie nur erahnen konnte, dort wo ihre Kette aus dicken, bunten Tonperlen in einem Männerhemd aus kariertem Jersey verschwand. Ihm gefiel allerdings die Vorstellung, sie rittlings über die klobige, geklappte Matratze zu legen oder zu stoßen, ihr das Rückgrat durchzubiegen, bis Haar und Füße beiderseits den Boden berührten, ihr Hemd und Kette vom Leib zu reißen und die weiche Haut mit nassen Küssen zu bedecken. Mehrmals malte er sich während der Fahrt auch aus, wie er sie auf den Rücksitz warf, sich durch den engen Rockbund zu den ebenfalls karierten Strumpfhosen tastete und die obersten, sicherlich sehr feinen Schamhaarlocken fühlte, dann beide Hände hineinzwängte und Rock und Strumpfhosen tiefer schob, das Gesicht zwischen ihre Schenkel presste und Sibylles Duft einsog (er stellte sich eine zarte, doch entschiedene Mischung aus Waschpulver, warmem Stoff und pilzigem Geschlechtsgeruch vor). Gern sah er auch vor sich, wie er sich unterwegs in freier Natur in Sibylles Mund ergoss, während er sie über Sartre und Camus belehrte. Sibylle suchte währenddessen im Radioapparat vergeblich nach einem Sender, lehnte sich endlich zurück, summte ein Lied, das Lorenz nicht kannte, und machte ihn – noch einigermaßen amüsiert – darauf aufmerksam, dass durch eine Ritze im Klappfenster des Deux-Chevaux ihr fortwährend etwas Regenwasser an den Hals sprühte.

Einige Kilometer hinter Andermatt begann es zu schneien, gleichzeitig stieg die Straße steiler an. Ein Kontrollfahrzeug mit Warnlichtern kam ihnen entgegen und hielt kurz, der Fahrer wies Lorenz an, Ketten zu montieren. Lorenz hatte noch nie Ketten montiert, außerdem trug er zu seinen Jeans nur ein gehäkeltes griechisches Hemd, Sandalen und eine abgewetzte Cordsamtjacke, die nicht geschlossen werden konnte. Sibylle hatte nicht vorgehabt auszusteigen, Lorenz war aber nicht imstande, die Ketten ohne ihre Hilfe anzubringen, und sofort waren ihre Tennisschuhe durchnässt.

»Ketten, wie lächerlich, wegen der paar hundert Meter bis zur Passhöhe«, spottete Lorenz, als sie wieder im Wagen saßen und er den Schlüssel drehte. Der Deux-Chevaux sprang in der Kälte bereits nicht mehr an.

»Ich fürchte, du musst schieben«, erklärte er, Sibylle stieg wieder aus und versuchte es, doch ihr fehlte die Kraft, einen Deux-Chevaux bergaufwärts zu schieben. Lorenz wendete im Zurückrollen – Platz war genug, sie standen auf einem Ausweichplatz – und wollte den Wagen einige Meter talwärts rollen lassen, um Schwung zu holen, so sprang er sicherlich an. Dann würde er rückwärts wieder hochfahren und auf dem Ausweichplatz wenden. Sibylle schob ihn in die Straße, bis der Deux-Chevaux von selber rollte, dann sah sie zu, wie er ruckelnd in Richtung Tal verschwand, weil es Lorenz noch immer nicht gelingen wollte, den Motor zu starten.

Sie vertrieb sich die Zeit, indem sie Schneeflocken mit der Zunge fing, später rieb sie sich die Hände und hüpfte auf der Stelle. Nach einer Viertelstunde beschloss sie, Lorenz entgegenzugehen, und sie brauchte nicht lange zu gehen. Lorenz hatte bereits weiter unten gewendet, der Deux-Chevaux kämpfte sich im Schritttempo die Passwindungen empor, der Motor schien kurz davor zu sein, wieder abzusterben. Lorenz wagte daher auch nicht anzuhalten. »Spring auf, spring auf!«, rief er aus dem Wagen, während sie nebenherlief, und nachdem sie glücklich zugestiegen war, erläuterte er ihr seine Theorie, derzufolge sich Sibylles Matratze mit Regenwasser vollgesogen habe und den Motor überfordere.

Inzwischen hatte es begonnen zu stürmen, der Wind blies scharf von der Seite und drohte das Auto zu kippen, gleichzeitig verlor der Motor weiter an Kraft. Wippend versuchte Sibylle, dem Auto in den flachen Passagen Schwung zu verleihen, damit es die nächste Kuppe schaffte, doch auf der Kuppe erwischte sie jeweils wieder eine Bö. Mehrmals hatte Sibylle keine Wahl, als wieder auszusteigen, mit den flachen Sohlen einigermaßen Halt im Schneematsch zu suchen und zu schieben.

Allmählich brach die Nacht herein, seit längerer Zeit war ihnen kein Auto mehr entgegengekommen, der Pass schien nun beidseits geschlossen.

»Ohne die dämliche Matratze wäre alles ganz locker«, sagte Lorenz und rieb sich die juckenden Schienbeine, denn die Heizung funktionierte nur auf der Fahrerseite, und während Sibylle alles Gefühl in den nassen, durchfrorenen Füßen verloren hatte, klagte Lorenz darüber, dass die Abluft aus dem überhitzten Motorraum ihm die Haut dörre. Der Schnee lag auf der Straße bereits knöchelhoch und knirschte, während sie mit vielleicht zwei, drei Stundenkilometern darüberfuhren.

Sibylle ignorierte seine Bemerkung.

»Glaubst du, dass sie uns suchen werden, wenn wir stecken bleiben?«, fragte sie.

Lorenz schüttelte den Kopf. »Es ist zwei Stunden her, dass sie uns durchgewinkt haben. Die denken, wir sind längst rüber.«

»Ist deine Hütte geheizt?«, fragte Sibylle und massierte die tauben Zehen.

»Keine Ahnung«, sagte Lorenz.

»Aber Warmwasser wird es doch hoffentlich haben.«

»Einen Boiler«, sagte Lorenz. »Aber den müssen wir erst einschalten. Und dazu müssen wir erst Strom machen. Irgendwo hinterm Haus ist ein Generator, glaube ich. Im Sommer haben wir das nie gebraucht, da baden wir im Bach.«

»Es ist Sommer«, erinnerte ihn Sibylle. »Und wie macht ihr Licht?«

»Na ja, es hat Kerzen«, antwortete Lorenz.

Sibylle stieg noch zweimal aus, um zu schieben. Das zweite Mal rannte sie dem Auto einen halben Kilometer weit hinterher, weil der Motor plötzlich Schub bekommen hatte und Lorenz nicht abbremsen wollte, um sie aufspringen zu lassen.

»Ich will umkehren«, sagte sie, als sie wieder im Wagen saß.

»Blödsinn«, rief Lorenz, »wir sind gleich oben!« Er zündete sich eine Zigarette an und fragte: »Ist doch ein tolles Abenteuer, oder?«

»Den Rauch ertrage ich nicht auch noch«, antwortete Sibylle nur, und Lorenz verdrehte die Augen, nahm noch zwei Züge und warf die Zigarette durchs Klappfenster.

»Wie viel Geld hast du?«, fragte Sibylle nach einer Weile. Der Deux-Chevaux kämpfte sich inzwischen recht stetig aufwärts.

Lorenz grub in der Hosentasche, er kam aber mit der Hand nicht tief genug, ohne vom Gaspedal zu rutschen. »Fass mal rein«, bat er Sibylle und hob den Hintern. Natürlich bekam er eine Erektion, als sie nach dem Geld grub, und als sie die Hand mit einem Ruck wieder aus der engen Tasche zog, rutschte er doch vom Gas. Der Motor starb ab, das Auto hielt ruckelnd. Nur die Scheibenwischer quietschten noch, und sie hörten, dass im Radio eine Störwelle pfiff. »Alles Scheiße«, sagte Lorenz und drehte das Radio ab.

Sibylle hatte währenddessen gezählt. »Sechsundsiebzig Franken«, sagte sie. »Reicht das für ein Zimmer in einer Pension?«

»Das muss für viel mehr reichen«, sagte Lorenz, »für Zigaretten, Benzin für die Rückfahrt … Den Wein, den wir trinken, muss ich auch bezahlen, sonst gibt mein Onkel mir die Hütte nicht mehr, fünf Franken die Flasche.«

»Ich will keinen Wein, sondern eine Herberge«, sagte Sibylle. »Und wenn du mit mir schlafen willst, kommst du wohl oder übel mit.«

»Das ist aber echt nicht hip!«, rief Lorenz.

Sibylle legte wortlos sechsundzwanzig Franken

ins Ablagefach und steckte fünfzig ein, dann zog sie die durchnässten Schuhe wieder an und stieg aus, um anzuschieben. Lorenz war inzwischen eingefallen, dass irgendwo eine Kurbel sein musste, die als Notanlasser diente, er hatte aber keine Ahnung, wo, und da er sich nicht überwinden konnte, auszusteigen und den Kofferraum zu öffnen, ließ er sie machen.

»Wie heißt das nächste Dorf?«, fragte Sibylle, als der Motor lief und sie wieder im Wagen saß.

»Ich weiß nicht, Airolo wohl«, murmelte Lorenz.

»In Airolo steige ich aus«, sagte Sibylle. »Komm mit mir ins Hotel, Lorenz.«

»Das ist bourgeoiser Mist«, antwortete er.

»Mir ist bourgeoiser Mist lieber als eine Lungenentzündung«, sagte sie und konnte schlecht verbergen, dass sie den Tränen nahe war. Sie zog die nassen Schuhe aus und legte die Füße in seinen Schoß. »Du hast Heizung, ich nicht«, sagte sie, als Lorenz stöhnte.

Dann endlich hatten sie die Passhöhe überwunden, die Straße fiel ab, der Deux-Chevaux bekam Fahrt. Die Heizung wärmte nun auch wieder den ganzen Wagen, und für ein paar Minuten wurde es fast gemütlich. Dann aber nahm Sibylle die Füße von Lorenz' Schoß, er war zu stolz, sie zu bitten, dass sie sie dort ließ, stattdessen drehte er das Radio an und fand einen Sender mit Reggae-Musik.

»Jetzt fahren wir durch, oder?«, fragte er, als die Lichter von Airolo auftauchten. Und als Sibylle darauf bestand auszusteigen, hielt er für sie an, doch danach gab er einfach wieder Gas und fuhr eben allein ins Malcantone.

1983

Um für einige Tage ihrer Einsamkeit zu entrinnen – denn sie war auch mit zweiunddreißig Jahren noch »ungeküsst«, wie ihre Mutter das nannte –, hatte die Freiburger Katechetin Katharina Kruse die Ostermesse vor dem Petersdom und das Grab Papst Pauls des Sechsten besuchen wollen. Allerdings war nach einem der für Umbrien so typischen Regengüsse der Verkehr in Rom zusammengebrochen, und erschöpft von der Zugreise, die sie eines Irrtums mit der Platzreservation wegen ab Mailand stehend verbracht hatte, verkroch sie sich, nachdem sie lange durch überflutete Gassen geirrt war und der Leim ihrer Sandalen sich löste, unter eine der Brücken am Tiber.

Die Regenfälle dauerten drei Tage und waren so heftig, dass die Einfallstraßen, die von den Hügeln in die Stadt führten, zu Flüssen wurden, Autos schwammen davon, und im Norden stieg der Tiber über die Ufer. Katharina Kruse bekam davon nicht viel mit, doch auch am äußeren Ende von Trastevere stieg der Wasserpegel stetig. Der Sockel der Brücke, auf den sie sich gelegt hatte, den Makrameebeutel mit ihren wenigen Habseligkeiten (einer Zahnbürste und Zahnpulver, einem Kamm für ihr dünnes Haar, einer kleinen Luxseife und etwas Ersatzwäsche, darunter drei Paar Nylonsöckchen, damit die Riemen der Sandalen keine Blasen scheuerten) als Kissen benützend, war bald vom Ufer getrennt und wenig später überschwemmt. Sie rettete sich, indem sie über die Eisenkrampen höherstieg, von Sockel zu Sockel. Am zweiten Tag fand sie so zu einer Matratze, die gut versteckt auf dem obersten Sockel des Brückenpfeilers lag, dicht unter der Fahrbahn. Mehrere Dutzend Eisensprossen führten üblicherweise dort hinauf, schließlich waren noch zwei davon zu sehen, und hätte Katharina Kruse die Füße baumeln lassen, hätten sie in den Fluten gebadet. Das ließ sie allerdings bleiben, denn das Flusswasser war schlammig braun, und in gefährlichem Tempo trieben Trümmerstücke, Autoreifen und ganze Bäume vorbei.

Außerdem hatte sie eine fiebrige Erkältung gepackt, die sie auf jener alten, unter einer fingerdicken Schicht von feinem Staub und Kükenflaum jedoch recht gut erhaltenen Matratze festhielt, die möglicherweise ein Landsmann von ihr zurückgelassen hatte. Denn die Matratze war deutsches

Fabrikat, und auf dem Pfeiler, an dem sie lag, in einer Höhe, wie man sie erreicht, wenn man im Liegen schreibt, stand mit dickem Filzstift geschrieben: »Irina & Lorenz kiffen sich ins Nirwana. Heil Hendrix.«

Die Erkältung war vielleicht ihr Glück, denn darüber vergaß sie ihre kurzzeitige Angst, unter der Brücke zu verhungern, im Fieber fühlte sie keinen Hunger. Zu trinken hatte sie genug, zumindest, solange es regnete, dann rann das Wasser in Fäden von den Brückenverstrebungen herab, Katharina Kruse brauchte nur die hohle Hand auszustrecken.

Das Fieber trieb ihr den Schweiß aus allen Poren, gleichzeitig schlotterte sie vor Kälte, denn es zog unter der Brücke heftig. Trotzdem fühlte sie sich eigenartig wohl. Dämmerte sie weg, träumte sie regelmäßig, der Fluss steige weiter an und trage sie auf der Matratze mit sich, bis zu seiner Mündung und hinaus aufs freie Meer, das in ihren Träumen von einem unvorstellbar tiefen Blau war – »weinblau«, erinnerte sie, hatte ein römischer Dichter es einmal genannt – und türkisfarben strahlte, wo sich ein Riff oder eine Untiefe hob, und blickte sie von der Matratze hinab in die Tiefe, sah sie unter sich mit trägem, wuchtigem Flossenschlag große

Rochen gleiten wie vorsintflutliche Vögel. Sah sie in ihrem Traum empor, glitten abertausend Schäfchenwolken über ihr und spielten mit Licht und Schatten, wie sie es aus der Kindheit kannte, von einer Deckenlampe, um die sich ein bunter Zylinder gedreht hatte, der machte, dass Farben und Schatten den Wänden und der Decke entlangwanderten.

Lag sie hingegen wach, musterte Katharina Kruse – bei Tag nur, denn die Nächte waren finster, und der Tiber schimmerte bloß bleiern – die Matratzenhaut, auf der sie lag, den schönen, satt gewobenen Drillich, dessen Flecken von zartem Pastell bis zu schweren, fast pastös den Stoff verklebenden Schmutzschichten reichten. »Als sei die Matratze die Karte meiner Reise«, dachte sie mit einem sonderbaren Glücksgefühl, denn in den Flecken erkannte sie unterschiedliche Gewässertiefen, Strömungen und Inseln, deren größte tatsächlich, und zwar bis hin zur Landzunge vor dem Golf von Kalifornien und den Sandwichinseln am Kap Hoorn, dem amerikanischen Kontinent glich. (Amerikanische Länderkunde hatte Katharina Kruse in der Schulzeit als Vertiefungsfach belegt.)

Seit jener Entdeckung ging sie auch bei Tag auf Reisen, träumte sich in jeden Winkel, den sie auf dem einstmals taubenblauen Drillich eingezeichnet fand, träumte sich in viele Abenteuer, in erfülltere Leben und sinnlichere Körper, als ihr geschenkt waren. Und plötzlich begriff sie auch Papst Pauls des Sechsten Worte, die sie ja nach Rom geführt hatten, völlig neu. »Für die katholische Kirche«, hatte er erklärt (und damit das Vatikanische Konzil geschlossen), »ist niemand fremd, niemand ausgeschlossen, niemand fern. Diesen unseren weltumspannenden Gruß richten wir auch an euch, Menschen, die ihr uns nicht kennt, an euch, Menschen, die ihr uns nicht versteht, an euch, Menschen, die ihr uns nicht für nützlich, notwendig und freundlich erachtet, und ebenso an euch, Menschen, die ihr, im Glauben, damit Gutes zu tun, uns feindlich seid. Ein aufrichtiger Gruß ist es, ein besonderer Gruß, voller Hoffnung, glaubt mir, voller Wertschätzung und Liebe.«

Sie hatte geweint, als sie ein halbes Jahr zuvor, an ihrem zweiunddreißigsten Geburtstag, den sie allein mit einem Stück Bienenstich bei Tchibo feierte, ganz zufällig diese Zeilen gelesen hatte. Sie hatte sich selbst als einen jener fremden, glaubensschwachen Menschen gesehen, und sie hatte Paul den Sechsten gesucht – sein Grab zumindest –, damit er sie begrüßte, damit er ihr die Liebe schenkte, die ihr noch niemand hatte schenken wollen. Das umbrische Unwetter hatte alles vereitelt, in Rom war sie in keiner Weise umarmt, begrüßt, getauft oder in anderer Weise verwandelt worden. Nun allerdings, auf der Matratze fiebernd, vom Tosen umgeben – denn nicht nur die Fluten donnerten, über ihr brausten, seit die Brücke wieder freigegeben war, auch Lastwagen, Bagger, vielleicht Straßenbahnen –, erkannte sie, dass sie längst angekommen war. Dass sie selbst das »wir« war, von dem Papst Paul gesprochen hatte. Dass sie, Katharina Kruse, der Gruß war, die Botschaft, die die Welt erwartete. Die Karte für ihre Reise hatte sie erhalten, Karte, Schiff und Bett in einem. Was zu tun blieb, war allein, dass sie sich abstieß, sich den wilden, heiligen Wassern übergab, die natürlich nur zu diesem Zweck sich über die umbrischen Hügel ergossen hatten. Danach würde die Strömung sie leiten, und endlich fände sie Sinn und Erfüllung.

So dachte Katharina Kruse nicht immer, sie mahnte sich gelegentlich auch, dass sie nur erkältet war, ausgehungert und daher etwas wahnhaft. In zwei, drei Tagen, wenn das Fieber ausgeschwitzt war und sie etwas gegessen hatte, war sie gewiss wieder ganz die Alte, würde den Petersdom besuchen, das Grab Pauls des Sechsten und den zwei Menschen in ihrem Leben, ihrer Mutter und einem Vikar, in den sie seit langem hoffnungslos verliebt war, Ansichtskarten mit lustigen Sprüchen senden und einer Marke der Vatikanpost.

1985

Einige Jahre zuvor, im September, hatte Giaccomo Neri, ein damals sechsunddreißig Jahre alter Junggeselle aus Neapel, bei einem späten Badeausflug nach Anzio eine Frau gesehen, deren träges Wesen, das, verbunden mit ihrer Schönheit, an eine Gottheit denken ließ, ihn so sehr betörte, dass er seither jeden Frühherbst für einige Tage nach Anzio reiste, in der Hoffnung, die Frau wiederzusehen und, sobald sie sich zeigte, um ihre Hand zu bitten. Sie waren sich in einem der Eiscafés entlang der Hafenbefestigung begegnet, und jedes Mal betrat Giaccomo Neri als Erstes jenes Café, um sich nach der Dame mit dem schwarzen Männerhut zu erkundigen – den hatte sie damals in den Schoß gelegt gehabt und ihm ihr schwarzes, seitlich gescheiteltes Haar gezeigt. Die schwarzen Augen und breiten Kieferknochen hatten es ihm besonders angetan, doch auch das Übrige konnte er noch Jahre später im Detail beschreiben, sie hatte eine gerade, feine Nase und schmale, damals leuchtend rot geschminkte Lippen, auch die kurz geschnittenen Nägel waren rot bemalt, im selben Rot wohl, jedoch wirkte es um einen Hauch sonorer. Das alles sah er jederzeit vor sich, und hatten seine Nachforschungen auch bisher keinen Erfolg gehabt, sagte sein Gefühl ihm doch, dass es nur richtig war, weiter auf sie zu warten.

Zudem nutzte er die übrigen Ferientage jeweils gut. In diesem Jahr belegte er einen zweistündigen Anglerkurs, von dem er äußerst gutgelaunt ins Ferienappartement wiederkehrte, eine Plastiktüte voller selbstgeangelter Makrelen bei sich, die er alle briet, auch wenn er nur die Hälfte essen mochte. Sie hatten vom Boot aus geangelt, das war nicht jedermanns Sache, insbesondere an einem Tag wie diesem, an dem hoher Seegang herrschte, und er war stolz, dass er sich als Einziger nicht hatte übergeben müssen – er und der Bootsführer, der, während die Niederländer und die Deutschen sich verzweifelt an die Reling klammerten und sich umsonst bemühten, Haltung zu bewahren, lässig mit der einen Hand den Kutter gesteuert hatte, in der anderen hielt er einen Apfel und, zwischen Ring- und kleinem Finger eingeklemmt, die Zigarette, so konnte er abwechselnd essen und rauchen. Bob hieß er und war Sarde. Nachdem sie den Hafen angelaufen hatten, brachte er ihnen bei, Makrelen auszunehmen, Giaccomo Neri fand Gelegenheit, mit ihm zu plaudern, und erfuhr, dass nur wenige Kilometer vor der Küste zu dieser Jahreszeit auch Thunfisch geangelt wurde. Nicht mit den einfachen Blinkern, die sie verwendet hatten, die reizten die Makrelen zu sehr, so dass sie bissen, ehe die Haken die nötige Tiefe erreichten. Grüne Blinker dagegen übersahen die Makrelen, und zeigte man Geduld und eine gewisse Fertigkeit im Drillen der Fische, standen die Chancen nicht schlecht, einen der rar gewordenen Thunfische zu erlegen. Das lockte Giaccomo Neri, und beflügelt von seinem Erfolg mit den Makrelen, beschloss er in einer vor Aufregung fast schlaflos verbrachten Nacht, auf eigene Faust Boot und Ausrüstung zu mieten, zwei jener grünen Blinker zu kaufen und hinauszufahren. Wie man ein Boot lenkt, hatte er bei seinem ersten Anzio-Urlaub gelernt.

Der Seegang hatte abgeflacht, und nachdem Giaccomo Neri Proviant und Sonnencreme besorgt hatte, steuerte er mit Leichtigkeit sein Boot zwischen den Kuttern hindurch zur Hafenausfahrt, dann hielt er westwärts und passierte bald das erste Riff – er erkannte es daran, dass dort die Wellen höher gingen.

Nach einer knappen halben Stunde hatte er das offene Meer erreicht, stellte den Motor aus und warf den Anker, obwohl er nicht recht wusste, ob das nötig war. Bob, tags zuvor, hatte den Kutter frei treiben lassen, hatte allerdings auch immer wieder den Motor angeworfen, um eine neue Strömung anzusteuern – das erforderte Ortskenntnisse und eine Geübtheit im Lesen des Wassers, die Giaccomo Neri nicht hatte.

Als Erstes aß er einen Apfel, er hatte vor, die Ruhe auf offener See zu genießen, doch bereits hatte ihn das Jagdfieber gepackt. Während er noch kaute, knüpfte er den Blinker an die Leine, sie verhedderte sich etwas, doch er zwang sich zur Geduld, brachte die Rute wieder frei und warf den Köder aus. Wie liebte er das weiche Schnurren des Getriebes, wenn die Leine von der Rolle spulte! Den Blinker ließ er sinken, bis die Leine gut zur Hälfte abgerollt war, fünfzig Meter also, wenn die Frau im Fischereigeschäft sich nicht geirrt hatte, als sie sagte, die Rolle trage hundert Meter Leine und sei stark genug für einen Fang bis fünfzig Kilogramm. Giaccomo Neri berührte nur die Kurbel, schon schnappte elegant der Bügel ein und – nicht zu schnell und nicht zu langsam, das war wichtig – holte er die Leine wieder ein: Dies war der Moment, in dem die Fische bissen.

Der Sarde hatte ihn gewarnt, ein Thunfisch fängt sich nicht so schnell. Bald erschien der Blinker mit leerem Haken wieder über Wasser. Giaccomo Neri legte den Bügel um, sicherte die Leine mit dem Zeigefinger, warf sie aus – das wurde bald Routine. Ab und zu schien etwas anzubeißen, jedenfalls fühlte er einen Widerstand, doch früher oder später war der Haken wieder frei.

Nach zwei Stunden fragte sich Giaccomo Neri, ob er an der rechten Stelle angle, holte den Anker ein, warf den Motor an, fuhr weiter westwärts, warf erneut erst den Anker, dann den Blinker aus und setzte sich, während er die Leine freiließ, zum späten Mittagessen: frisch geräucherte Makrele, Weißbrot und ein Schokoladeriegel, dazu trank er Bier, ein kleines Moretti. Gleich fühlte er sich wieder herrlich, und das, obwohl das Wetter umzuschlagen schien. Zumindest herrschte wieder Wellengang, und einmal wäre ihm ums Haar die Rute über Bord gegangen. »Besser die Rute als ich«, sagte er sich und prüfte vorsichtshalber, ob er noch das Ufer sah. Er sah es nicht mehr, doch die ersten Kutter liefen schon den Hafen an, Schwärme hungrig schreiender Möwen begleiteten sie, an ihnen konnte er sich leicht orientieren. Und natürlich wusste er, dass, wenn die Sonne unterging, er nur dem eigenen Schatten folgen musste, um zurück nach Anzio zu finden.

Um halb fünf biss der erste Fisch an, und es war gleich ein Brocken, Giaccomo Neri hatte Mühe, die Leine einzuholen. In der Aufregung zerrte er erst willkürlich einmal nach links, dann wieder nach rechts und fürchtete schon, die Rute zu zerbrechen, als ihm einfiel, dass man große Fische trimmen muss, sie erschöpfen, schwimmen lassen und zurückreißen, wieder schwimmen lassen – bis ihre Wunde sich so weit vergrößert, dass sie ausbluten. Nur fand er nicht heraus, wie er bei angespannter Leine den Trommelbügel lösen konnte, und mit fixiertem Bügel konnte er nicht Leine geben. Schließlich legte er ihn mit Gewalt um und holte sich eine klaffende Wunde am Finger, als die Nylonschnur schneidend scharf vom Gewinde schnellte.

»Warte, du wirst auch bluten, Dreckskerl!«, rief er dem noch unsichtbaren Fisch entgegen, er fühlte sich großartig. Der Fisch schwamm wie der Teufel ostwärts, Giaccomo Neri beobachtete die Spule. Als sie schon fast leer war, hielt der Fisch mit einem Mal, vielleicht schwamm er auch zurück. Hastig drehte Giaccomo Neri an der Kurbel, denn entspannte sich die Schnur, konnte sich der Haken lösen. Doch da war die Spannung wieder, Giaccomo Neri zerrte an der Rute, gab unvermittelt nach und holte flink die Schnur ein, bis sie wieder spannte, zerrte, gab nach und spulte. Er dachte nicht mehr, er folgte nur noch seinem Jagdinstinkt, er wollte den Thunfisch quälen, bis er sich aufgab, und er hatte im Gefühl, wie er ihn am wirkungsvollsten quälte.

Als er sich zum dritten Mal mit seinen ganzen vierundsiebzig Kilo von der Bordwand abstieß, um den Fisch, nachdem er ihm Auslauf gegeben hatte, abrupt herumzureißen, riss die Leine. Giaccomo Neri stolperte, fiel rücklings über Bord und stieß in einem linkischen Versuch, das Bein noch mit der Reeling zu verhaken, zusätzlich unglücklich mit dem Fuß vom Boot ab. Sofort glitt es zwanzig, dreißig Meter fort, und weil er in eine Strömung gestürzt war, die nordwärts führte, das Boot jedoch des Ankers wegen sehr viel träger war, verlor er es schnell aus den Augen.

Das Wasser war nicht allzu kalt, dafür war Giaccomo Neri dankbar. Es ließ sich jedoch nicht vermeiden, dass ihm Salzwasser in die Augen kam, als er Schuhe, Jeans und Jacke auszog, um befreiter schwimmen zu können. Er bedauerte, dass er im Sturz die Rute losgelassen hatte, er bildete sich ein, es hätte ihm gelingen können, die Kleider mit der Angelschnur zu einem Bündel zu schnüren und sie so zu retten.

Eine Weile versuchte er, zur Küste zu schwimmen, doch im hohen Wellengang verlor er immer wieder die Orientierung, und bald beschränkte er sich darauf, über Wasser zu bleiben und nicht zu viel Wasser zu schlucken.

Schneller, als er erwartet hatte, wurde es Nacht, und in der Verwirrung seiner Gefühle verlachte er sich selbst, seine Liebe zu einer Unbekannten, die, würde er nur einen Tag mit ihr verbringen, sicherlich wie jede Frau, der er bisher begegnet war, allen Reiz verlöre. Er verlachte seinen Willen, eine Heldentat als Angler zu vollbringen, und seine Sorge um ein Paar Jack-Wolfskin-Schuhe und die Leinenjeans von Rinascente, während er ertrank. Dennoch glaubte er nicht wirklich, dass er sterben könne, und war auch nur leicht erstaunt, als etwas gegen sein Bein stieß. Als er nachfasste, griff er in wirres Drahtgeflecht, das an zwei Seiten von einem aufgeblähten oder sonstwie prallen Gummikörper abstand oder an ihm hing, im Geflecht war Tang verheddert oder Rosshaar, zudem Stoff in groben Fetzen. Das Wort »Matratze« schoss ihm durch den Kopf, obwohl er es nicht wirklich mit dem sperrigen, bizarr geformten Gegenstand verbinden konnte. Doch dankbar nahm er zur Kenntnis, dass der Auftrieb des Gummikörpers ausreichte, um ihn über Wasser zu halten, die Drähte ihrerseits waren genügend verworren und starr, dass er die Arme darin vernesteln konnte und mit ziemlicher Sicherheit gehalten würde, selbst wenn er in Schlaf verfiele. »Nun kann ich höchstens noch verdursten«, sagte er sich und sah kurz einen mumifizierten Giaccomo Neri vor sich, der, an der Freiheitsstatue vorbei, in New Yorks Hafen gespült würde. Wieder lachte er, und gleich wieder, als ihm einfiel, dass er im Mittelmeer trieb, das Mittelmeer war kaum mehr als ein Tümpel, das nächste Ufer war nie weit.

Befreit sah er hoch: Die Nacht war wolkenlos, die Sterne standen dicht und satt. Diesen Anblick hätte er zu gern mit jener unbekannten Schönen geteilt, an die er bereits wieder voller Begehren dachte, nicht vom Wasser aus geteilt natürlich, sondern aus den Grotten der Kaiser Nero und Caligula, deren Palastruine sich hinter dem Strand von Anzio erhob und die er längst zum Schauplatz ihrer ersten Liebesnacht erkoren hatte. »Dort draußen, wo gerade Neptun steht«, wollte er ihr sagen, »fing ich meinen ersten Thunfisch … na ja, erst fing ich ihn, dann fing er mich. Die Fünfzig-Kilo-Leine hielt unserem Kampf nicht stand. Ich hatte ihn fast erlegt, da bäumte er sich nochmals auf, zerschlug die Rute, der Rückstoß schleuderte mich hinaus auf See, und über Tage und Nächte trieb ich dort, ehe mein starker Wille und mehr noch meine Liebe zu dir, die nicht unerfüllt erlöschen durfte, mich retteten. Deshalb, liebste Desdemona (oder Laura, oder Carla), küsse mich!«

1992

Immanuel Wassermann machte, seit er in Beaulieu-sur-Mer lebte, einem kleinen Badeort nicht weit von Nizza, täglich mehrmals seine »Strandrunde«, wie er das nannte. Den Winter über wurde der Strand kaum gepflegt, das Treibgut häufte sich: allerlei weggeworfenes Material, zerstört oder sonstwie unbrauchbar geworden. Doch in Immanuel Wassermanns Augen wirkten die Dinge in ihrer Zersetzung und Verformung weit schöner, liebenswerter, gar lebendiger als in ihrer ursprünglichen monotonen, zweckgerichteten Makellosigkeit. Im Treibgut erkannte er sich selbst, auch er war Abfall, zersetzt und verformt, seines ursprünglichen Zwecks und Nutzens beraubt, in gewissem Sinne längst schon tot. Gleichzeitig fühlte er sich – an gewissen Tagen immerhin – dem Leben zugewandt wie früher nie. Die Nutzlosigkeit des Alters hatte seinen Blick geweitet. So teilte er die Welt nicht mehr in Wesentliches und Bedeutungsloses ein, in seinen Augen war alles verschwendet, alles umsonst, nichts blieb auf Dauer wesentlich. Doch damit wurde alles gleichermaßen groß und schön und wichtig. Er konnte einen halben Plastikring, der einmal einen Flaschenhals versiegelt hatte, so sehr lieben, dass er vor Rührung weinte. Die Spuren der Zerstörung, die der Ring so selbstverständlich, klaglos trug und ertrug, bewegten Immanuel Wassermann ebenso tief wie die Tatsache, dass der Flaschenring dennoch nichts anderes sein wollte als ein Siegel, nun halt ein erbrochenes, eines, das ausgedient hat, nutzlos ist.

»Der Mohr hat seine Arbeit getan, der Mohr kann gehen«, zitierte er an diesem frühen Januarmorgen Schiller, als er einen ebensolchen Ring zu anderem Treibgut in eine Tüte tat, um später an einer schwer einsehbaren Stelle des Parks der Villa Corniche, die im Winter leer stand, alles zu verbrennen.

Wie oft morgens trieb der Wind Nebelschwaden vom offenen Meer her landwärts und tränkte Immanuel Wassermanns schurwollenen Mantel und seine Baskenmütze. Feucht und schwer war auch der Sand, obwohl die Flut zurzeit nicht hoch stieg und außerdem inzwischen Ebbe herrschte. Immanuel Wassermann war dafür dankbar, im nassen Sand fiel ihm das Gehen leichter, er sank nicht so oft ein, und die Narben an den Fußsohlen (aus

Wunden, die ihm vor mehr als fünfzig Jahren im Arbeitslager zugefügt worden waren) schmerzten weniger.

Wie stets nach Nächten mit schwacher Flut suchte er zudem mehr im seichten Wasser als am Strand und übersah beinah die Überreste der Matratze, die ein Fischer hochgezogen haben musste, denn sie lag oben beim Strandweg. Sonderbarerweise dachte er schon, ehe er begriff, dass das Gewirr aus Gummi, Draht und Stoff einst eine Matratze gewesen war, an Gioia – etwas musste ihm doch ins Auge gesprungen sein. Er stapfte durch den Sand empor und kauerte nieder, erkannte das Muster des Drillichs und fühlte noch immer zwischen Daumen, Zeige- und Mittelfinger, dass eine Seite satiniert gewesen war, die andere gummiert, und als er das letzte größere Stück Stoff aus den ineinander verhedderten, mit mürbem Rost überzogenen Stahlfedern gelöst hatte und es über dem Knie glattstrich, erkannte er darauf den Golf von Mexiko, Zentralamerika, die Staaten der Karibik. »Blut geht nie aus«, hatte Gioia Wassermann gesagt, und er erinnerte sehr gut, wie er sie dafür ausgelacht hatte.

Immanuel Wassermann setzte sich auf seine Plastiktüte, denn der Sand war kalt, mehrere Minuten hielt er das Stück Stoff ausgebreitet vor sich und versuchte etwas zu empfinden angesichts des sonderbaren Zufalls, dass er hier in Beaulieu, einem Ort, an dem sie nichts verband, in einer Zeit, die nichts mehr mit jener zu tun hatte, in der sie sich getroffen und ihre Hochzeitsnacht begangen hatten, das Blut seiner Frau sah, Blut, das sie in einem Akt vergossen hatten, den er nicht einmal mehr bruchstückhaft erinnerte. Die Jahre der Gefangenschaft danach, der Folter, des Tötens (denn auch er hatte getötet) hatten alles andere verdrängt. Schon die erste Verhaftung am Tag nach ihrer Ankunft in Berlin hatte seinen Übermut gebrochen, seine überhebliche Einbildung, die Nazis könnten der Welt nichts anhaben, solange er sich weigere, sie ernst zu nehmen. Ihre Ehe wurde aufgrund der neuen Nürnberger Gesetze nach nur zwei Tagen annulliert, er selbst hatte dazu seine Einwilligung gegeben, der Beamte hatte ihm gesagt, nur so rette er Gioia davor, als »Judenhure« verfolgt zu werden. Nach dem Krieg erfuhr er, dass im Gegenteil die Ehe ihn vor dem KZ gerettet hätte, doch nach seiner Verhaftung und der ersten Nacht in Haft glaubte er bereits nicht mehr, dass er überhaupt zu retten sei. Dennoch war er freigekommen, sobald er die Urkunde unterzeichnet hatte, und besorgte Gioia sofort eine Zugfahrkarte zurück in die Schweiz. Ins Tessin mochte sie nicht mehr, sie war dort im Unfrieden gegangen. Doch sie wollte in Schaffhausen auf ihn warten, Schaffhausen gefiel ihr. Die Züge waren bereits damals überfüllt, Gioia blieb nur ein Platz im Viehwagen, und sie war froh, dass Immanuel ihr die Faltmatratze mitgab. Als sie abfuhr, kannten sie sich seit fünf Tagen. Immanuel musste sich erst auf dem Polizeipräsidium am Alexanderplatz um ein Ausreisevisum bemühen, und kaum legte er seine Papiere vor, wurde er erneut verhaftet. Diesmal kam er nicht mehr frei.

Dass er überlebt hatte, erfüllte ihn, als ihn die Amerikaner zehn Jahre später befreiten, vor allem mit Scham. Keiner hatte die Lagerhaft überlebt, ohne sich an anderen zu vergehen, und auch er war kein guter Mensch geblieben. Als er erfuhr, dass Gioia nicht auf ihn gewartet hatte, sondern einem jüdischen Kardiologen nach New York gefolgt war, war er daher auch erleichtert, er war nicht mehr der Mann, dem sie sich versprochen hatte, und sie hatte sich und ihm eine schmerzliche Trennung erspart.

Mittlerweile – und obwohl er die Narben täglich spürte – war sogar die Lagerzeit für Immanuel Wassermann nur noch eine frühe Episode in seinem Leben. Nach Kriegsende war er nach London ausgewandert, später nach Paris. Als Wiedergutmachung für die Beschlagnahmung seiner Firma durch die Nazis hatte er genügend Geld erhalten, um zwei neue zu gründen, erst eine Schreibwarenfabrik, später nochmals eine Farbenfabrik (die »Isabella«-Wasserfarben lancierte er zwanzig Jahre später doch noch, allerdings mit anderem Slogan: »Ohne Makel abwaschbar«).

Er hatte zweimal geheiratet – seine erste Frau hieß Isabella –, auch zwei Kinder gezeugt, das erste mit seiner zweiten Frau, die Marcia hieß, das zweite mit einer losen Bekannten. Er hatte es aber nie jemandem zumuten wollen, mit ihm zu leben, und stets in einer anderen Stadt gearbeitet als der, in welcher die Familie wohnte.

Nach Beaulieu war er mit fünfundsiebzig Jahren eher zufällig gekommen, er war auf Durchreise, verliebte sich in ein Zimmer in einem heruntergekommenen Hotel, das einen eigenwilligen kuchenstückförmigen Grundriss hatte und Blick aufs Meer, verlängerte daher den Aufenthalt so lange, bis das Hotel geschlossen wurde, und kam danach bei einer auch schon recht betagten Britin in Untermiete, die sich nicht daran störte, dass er begonnen hatte, Strandgut zu sammeln, es zu verbrennen und in ihrem Garten aus den unbrennbaren Resten sonderbare Skulpturen zu formen, die er endlich, wenn er wieder Platz brauchte, von der Mole aus im Meer versenkte.

An jenem Januarmorgen zündete er auch die

Überreste der Matratze an. Das Gummi kam leicht in Brand, und als er die Tüte mit dem kleineren Treibgut darauf warf, schossen für kurze Zeit die Flammen mannshoch. Schwerer schwarzer Qualm wälzte sich in Richtung der Hotels, Immanuel Wassermann musste fürchten, einmal mehr angezeigt zu werden, das geschah ihm regelmäßig. Doch schnell war das Feuer wieder erloschen, und als er nach den Stahlfedern fasste, waren sie kaum warm. Kurz versuchte er, das Gerippe hinter sich herzuziehen, doch einzelne spitze Drahtenden bohrten sich sofort in den Boden, und so schulterte er es. Während er es zum Haus der »Landlady« trug, wie er sie nannte, beschloss er, die neue Skulptur seiner vorausschauenden Frau Gioia zu widmen, die offenbar schon in der Hochzeitsnacht geahnt hatte, dass sie ihr Weg einst nach Amerika führen würde. Kurz bereute er, dass er den so treffend befleckten Drillich nicht vor den Flammen gerettet hatte, doch es gab nichts mehr, woran Immanuel Wassermann wirklich hing, und auch den Stoff vergaß er schnell.

Bitte beachten Sie
auch die folgenden Seiten

Tim Krohn im Diogenes Verlag

Irinas Buch der leichtfertigen Liebe

Roman

Eigentlich will die in Paris lebende Russin Dunja ihrem Mann ein Fax nach Moskau schicken – dass es bei seiner Ex-Geliebten Ewa in Schweden landen wird, kann sie nicht wissen. Das fehlgeleitete Fax bringt Turbulenz ins Leben und die Phantasie der jetzigen und einstigen Liebenden. Als Ewa sich entschließt, nach Paris zu fliegen, löst dies einen Wirbel von Missverständnissen aus. Und je mehr die Beteiligten die Verhältnisse in den Griff zu bekommen versuchen, desto größer wird die Verwirrung.
Wieder einmal zeigt sich, dass die Welt mehr Vorstellung als Wille ist, dass Erotik vor allem im Kopf entsteht – und dass die Liebe ein zauberhaftes, kompliziertes Ding ist.

»Irina Jurijewna ist Tim Krohns bester Trick oder vielleicht tatsächlich sein Glück. Denn wie auch immer: Sie, die Exilrussin, rehabilitiert das inflationäre Wortgebinde vom Fräuleinwunder. *Irinas Buch* ist eine Charme-Bombe.« *Literaturen, Berlin*

Quatemberkinder

und wie das Vreneli die Gletscher brünnen machte

Roman

Quatemberkinder sind nicht wie andere Kinder – sie leben nicht nur unter Menschen, sondern gleichzeitig in der wundersamen Welt der Sagen und Mythen. Ein solches Quatemberkind ist der Waisenknabe Melchior, genannt der Melk. Er verbringt die Jugend auf der Alp, zwischen rauhen Sennen und wilden Berggeistern, und trifft auf das unbändige Mädchen Vreneli. Bald sind die beiden unzertrennlich. Als aber das Vreneli nach dramatischen Ereignissen verschwindet, treibt es den Melk zu einer rastlosen Reise...

»Ein hintersinniger Heimatroman, ein abenteuerlicher Teufelspakt und eine berührende Liebesgeschichte. Tim Krohn ist ein glänzender Erzähler.«
Süddeutsche Zeitung, München

Vrenelis Gärtli

Roman

Das Vreneli ist nicht wie andere Kinder. Schon über seine Eltern kursieren im Tal die seltsamsten Gerüchte, und als die Mutter früh stirbt, heißt es, der Vater habe mit bösen Mächten paktiert. Das Vreneli soll fort von ihm und auf die Schule, doch lernt es lieber das zwielichtige Handwerk des Zauberns und streicht in Gestalt eines roten Füchsleins über die zerklüfteten Berge und Gletscher. Nachdem es die Tochter eines reichen Fabrikanten aus der Gefangenschaft eines Hexers gerettet hat, verfolgt der es mit Wut und Ausdauer. Bald darauf trifft das Vreneli den Waisenknaben Melk, einen jungen Sennen, ein Quatemberkind wie sie – und spürt ein Sehnen, das sie bis dahin nicht gekannt hat.
Doch bringt der Fluch des Hexers auch den Melk in Gefahr...

»In einer faszinierenden schwiizerdüütsch-hochdeutschen Kunstsprache erzählt Tim Krohn seine wilden, anrührenden und ›meineidig schönen‹ Geschichten.«
BücherPick, Zürich

»Ein von Erzählkunst und Sprachwitz sprühender Roman.« *Roman Bucheli/Neue Zürcher Zeitung*

Ans Meer

Roman

Anna und Josefa waren als Mädchen unzertrennlich. In Lütjenburg an der Ostsee, wo sie aufgewachsen sind, sah man kaum je die eine ohne die andere. Nun lebt Anna in Kiel, Josefa in Zürich, und sie haben seit zwölf Jahren nicht mehr miteinander gesprochen. Anna, die sich nichts sehnlicher wünscht als eine Familie, hat sich gerade von ihrem Freund getrennt. Und Josefa, die impulsive Kindfrau, ist die Mutter des elfjährigen Jens. Zu ihrer Vergangenheit hat sie jede Verbindung gekappt. Aber Jens träumt vom Meer ... Als die Freundinnen wieder aufeinandertreffen, stehen sie nach wie vor im Bann der dramatischen Ereignisse von vor zwölf Jahren. Ein Roman über die Sehnsucht nach einem Zuhause und die schwierige Kunst des Verzeihens.

»Eines dieser Bücher, die einen nicht mehr loslassen, bis man auf der letzten Seite angelangt ist.«
Christine Lötscher / Tages-Anzeiger, Zürich

Lukas Hartmann im Diogenes Verlag

Pestalozzis Berg

Roman

Johann Heinrich Pestalozzi, der große Pädagoge, an einem Wendepunkt seines Lebens.
1798 baut Pestalozzi in Stans im Schweizer Kanton Nidwalden, das von der französischen Revolutionsarmee verwüstet worden ist, eine Anstalt für Kriegswaisen auf. In einem baufälligen Flügel des Kapuzinerinnen-Klosters hat er zeitweise bis zu achtzig Kinder zu versorgen: ein nicht enden wollender Kampf gegen Kälte, Hunger und Verwahrlosung.
Da muss er das Kloster räumen: Es wird in ein Militärlazarett umgewandelt, Pestalozzi wird Unfähigkeit als Erzieher vorgeworfen. Er bricht zusammen.
Lukas Hartmann schildert den großen Erzieher als leidenschaftlichen, widersprüchlichen Menschen: seine Überzeugung, dass Bildung das Volk aus sozialem Elend befreien wird, seinen aufopfernden Einsatz für Arme und Schwache; aber auch sein heftiges Gemüt, seine Nöte, seine Schwächen.

»Gerade in der Darstellung der Ambivalenz von Pestalozzis Persönlichkeit liegt die Qualität dieses vorzüglichen Romans.« *Stuttgarter Zeitung*

Die Seuche

Roman

Ein Dorf im 14. Jahrhundert. Seit Wochen kursieren Gerüchte über eine schreckliche Krankheit. Dann erreicht sie das Dorf. Mit Glauben, Aberglauben und Magie versuchen die hilflosen Menschen dem Sterben Einhalt zu gebieten. Niemand weiß, warum so viele sterben und einige wenige überleben. Die junge Hanna und ihr Bruder Mathis begraben ihre Großmutter und fliehen verbotenerweise in den Wald. Unterwegs treffen sie einen ›Geißlerzug‹, Mathis schließt sich den religiösen Fanatikern an, Hanna flieht weiter. Sie kommt bei einem alten stummen Fischer unter, für den sie Fische auf dem Markt verkauft. Dort sieht sie immer wieder ein Kind, das ihr zulächelt. Schon bald hat sie das Gefühl, diesem geheimnisvollen Kind folgen zu müssen…

»Die Pest im 14. Jahrhundert. Eine scheinbar entlegene Zeit gerät ›zum fernen Spiegel‹: Ein großes, ein hinreißendes Buch ist anzuzeigen.«
Charles Linsmayer / Der Bund, Bern

Bis ans Ende der Meere

Roman

London 1781. Der Maler John Webber überbringt der Witwe von James Cook im Auftrag der Admiralität ein Porträt ihres Mannes. Doch die Witwe weist das Geschenk empört zurück: Sie erkenne ihren Mann darauf nicht. Webber ist schockiert, doch kann er die Frau verstehen. Schon bei der Rückkehr des Schiffes ›Resolution‹ verhängte die Admiralität ein absolutes Redeverbot über die näheren Umstände des tragischen Todes von Cook. Und auch das Porträt verfolgt nur einen Zweck: Das Andenken des großen Kapitäns muss ein heroisches bleiben, als nobler Entdecker für England sollte er in die Geschichte eingehen. Doch Webber kennt die Wahrheit dieser vierjährigen dritten und letzten Weltumsegelung Cooks, und all die quälenden Bilder, die er nicht zeichnen durfte, werden ihn zeit seines Lebens verfolgen.

»Die Sprache federleicht, aber auch mit einer großen philosophischen und menschlichen Tiefe. *Bis ans Ende der Meere* ist ein so gewaltiger wie leiser und intimer

Roman, schlicht gesagt ein Meisterstück – ein Roman, in den man sich verliebt.«
Lutz Bunk / Deutschlandradio Kultur, Berlin

Finsteres Glück

Roman

Das Leben des achtjährigen Yves wird in einer einzigen Sekunde brutal entzweigerissen, in ein Vorher und Nachher. Die Psychologin Eliane Hess, die ihm über den Verlust der Eltern hinwegzuhelfen versucht, ist gleichzeitig erschüttert und fasziniert von dem traumatisierten Jungen. Sein Schicksal geht ihr nahe – es leuchtet hinein in ihre eigene Vergangenheit. Nach der Begegnung mit Yves kann auch Elianes Leben und das ihrer beiden Töchter nicht mehr dasselbe sein.
Ein berührender Roman über Geborgenheit und Verlust; über die Familienbande, die wir nicht lösen können, und diejenigen, die wir selbst knüpfen.

»Wenn unser Dasein aus vergänglichen Stoffen wie Sehnsucht, Liebe, Angst besteht, bietet dieser Familienthriller unvergängliche Bilder dazu.«
Evelyn Finger / Die Zeit, Hamburg

»*Finsteres Glück* ist ein starker Roman. Er packt den Leser mit voller Wucht.«
Andreas Tobler/Tages-Anzeiger, Zürich

Räuberleben

Roman

Gesucht: Hannikel, Zigeuner, ungefähr 40 Jahre alt, etwa 5 Schuh und 2 Zoll groß, von Gesicht schwarzbraun, gibt sich als Jäger aus.
Geächtet, verteufelt, gejagt – das ist 1786 das Schicksal des Räuberhauptmanns Hannikel und seiner Familie. Ein lebenspraller historischer Roman, der von den Zigeunerlagern in den Tiefen des Schwarzwalds bis in die

Privatgemächer von Herzog Karl Eugen und seiner Franziska führt.

»Mit großer psychologischer Meisterschaft wechselt Hartmann die Blickwinkel in diesem historischen Roman.« *Alexander Sury / Tages-Anzeiger, Zürich*

Der Konvoi

Roman

Im November 1918, kurz nach dem Ende des Ersten Weltkriegs, befindet sich Europa im Umbruch. Während in der Schweiz der Generalstreik beginnt, führt der Zufall einen jungen Soldaten und eine Russin zusammen. Elena Gogobaridse gehört zur Gesandtschaft der jungen Sowjetunion in Bern. Samuel Brülhart, im zivilen Leben Dorflehrer, hat den Auftrag, sie und die anderen kommunistischen Diplomaten in einem Autokonvoi außer Landes zu bringen. Nach Herkunft und politischer Überzeugung könnten die beiden einander kaum fremder sein. Doch in den drei Tagen einer turbulenten Reise quer durch die Schweiz kommen sie einander nahe.
Ein fesselnder Roman über das unvermutete Aufflackern der Liebe, über wankende Gewissheiten und zerstörte Ideale.

»Eine ausgefallene Liebesgeschichte, die den Leser in ihren Bann zieht, und bisher fast unbekannte Zeitgeschichte, vom Autor blendend recherchiert, sind in diesem Roman subtil ineinander verwoben.«
Hannoversche Allgemeine

Abschied von Sansibar

Roman

Eine Prinzessin von Sansibar, die mit einem Hamburger Kaufmann durchbrennt. Mit dieser verbotenen Liebe beginnt Ende des 19. Jahrhunderts die Saga einer west-östlichen Familie zwischen Europa und der arabischen Welt. Ein historischer Roman nach der wahren Geschichte von Emily Ruete.

»Behutsam und mit viel Respekt hat Hartmann die einzelnen Lebenswege zu einer bewegenden, mehrere Generationen umfassenden Familiengeschichte zwischen Orient und Okzident zusammengefügt.«
Matthias Gretzschel / Die Welt, Regionalausgabe Hamburg

»Lukas Hartmann macht aus dem Schicksal einer arabischen Prinzessin und deren Nachkommen eine berührende Familiensaga.«
Charles Linsmayer / NZZ am Sonntag, Zürich

Auf beiden Seiten

Roman

Im Leben des Journalisten Mario hat Dr. Armand Gruber immer eine imposante Rolle gespielt. Gruber ist ein Mann von altem Schrot und Korn. Ein brillanter Deutschlehrer, Hauptmann der Schweizer Armee, glühender Antikommunist. Und jahrzehntelang hat er ein Doppelleben geführt.
Keiner hat etwas geahnt. Nicht seine Frau, nicht seine Tochter Bettina, die ihr Leben lang gegen den Vater aufbegehrt. Nicht sein einstiger Lieblingsschüler und Schwiegersohn Mario, der mit Gruber brechen musste, um zum linken Journalisten zu werden. Auch nicht Bettinas beste Freundin Karina, die als Tochter des Hausmeisters beim Schweizer Geheimdienst ganz dicht an Grubers Geheimnis aufgewachsen ist. Denn er war Mitglied der geheimen Widerstandsorganisation P-26. Jetzt, zwei Jahrzehnte nach dem Ende des Kalten Krieges, darf Gruber sein Schweigen brechen.

»Lukas Hartmann lässt sich mit Haut und Haar auf seine Figuren ein, betreibt Nachforschungen gründlich, ja leidenschaftlich! Oft interessieren ihn jene Gestalten, die im Strudel der Historie unterzugehen drohen. Ein starkes Gerechtigkeitsempfinden, Empathie und Sorgfalt treiben ihn an.«

Beatrice Eichmann-Leutenegger / Neue Zürcher Zeitung

Außerdem erschienen:

Anna annA

Roman für Kinder

So eine lange Nase

Roman für Kinder

All die verschwundenen Dinge

Eine Geschichte von Lukas Hartmann
Mit Bildern von Tatjana Hauptmann

Mein Dschinn

Abenteuerroman

Thomas Meyer

Wolkenbruchs wunderliche Reise in die Arme einer Schickse

Roman

Der junge orthodoxe Jude Mordechai Wolkenbruch, kurz Motti, hat ein Problem: Die Frauen, die ihm seine *mame* als Heiratskandidatinnen vorsetzt, sehen alle so aus wie sie. Ganz im Gegensatz zu Laura, seiner hübschen Mitstudentin an der Universität Zürich – doch die ist leider eine *schikse*: Sie trägt Hosen, hat einen wohlgeformten *tuches*, trinkt Gin Tonic und benutzt ungehörige Ausdrücke.
Zweifel befallen Motti: Ist sein vorgezeichneter Weg wirklich der richtige für ihn? Sein Gehorsam gegenüber der *mame* mit ihren verstörenden Methoden schwindet. Dafür wächst seine Leidenschaft für Laura. Die Dinge nehmen ihren Lauf. Und Motti kann schon bald einen vorläufigen Schluss ziehen: Auch *schiksn* haben nicht alle Tassen im Schrank.

»Thomas Meyers Entwicklungsroman im Stile Woody Allens ist eine religiöse Emanzipationsgeschichte – mit zuverlässig witzigen Pointen.«
Beate Tröger / Frankfurter Allgemeine Zeitung

»Die Sprache wird in diesem Roman selber zum Ereignis, wie es sich für gute Literatur gehört. Sie ist geschriebene Leichtigkeit.«
Thomas Widmer / Tages-Anzeiger, Zürich

Martin Suter im Diogenes Verlag

»Martin Suter erreicht mit seinen Romanen ein Riesenpublikum.«
Wolfgang Höbel/Der Spiegel, Hamburg

Die Romane:

Small World
Auch als Diogenes Hörbuch

Die dunkle Seite des Mondes
Auch als Diogenes Hörbuch

Ein perfekter Freund

Lila, Lila
Auch als Diogenes Hörbuch

Der Teufel von Mailand
Auch als Diogenes Hörbuch

Der letzte Weynfeldt
Auch als Diogenes Hörbuch

Der Koch
Auch als Diogenes Hörbuch

Die Zeit, die Zeit
Auch als Diogenes Hörbuch

Montecristo
Auch als Diogenes Hörbuch

Die *Allmen*-Krimiserie:

Allmen und die Libellen
Roman
Auch als Diogenes Hörbuch

Allmen und der rosa Diamant
Roman
Auch als Diogenes Hörbuch

Allmen und die Dahlien
Roman
Auch als Diogenes Hörbuch

Allmen und die verschwundene María
Roman
Auch als Diogenes Hörbuch

Außerdem erschienen:

Richtig leben mit Geri Weibel
Sämtliche Folgen

Business Class
Geschichten aus der Welt des Managements

Business Class
Neue Geschichten aus der Welt des Managements

Huber spannt aus
und andere Geschichten aus der Business Class

Unter Freunden
und andere Geschichten aus der Business Class

Das Bonus-Geheimnis
und andere Geschichten aus der Business Class

Abschalten
Die Business Class macht Ferien

Alles im Griff
Eine Business Soap
Auch als Diogenes Hörbuch

Business Class
Geschichten aus der Welt des Managements
Diogenes Hörbuch, 1 CD, live gelesen von Martin Suter